DER TOTE IM BACH

Stefan Maiwald

DER TOTE IM BACH

Ein Bad-Kleinkirchheim-Krimi

Servus

Diese Geschichte ist frei erfunden. Tatsächlich existierende Personen und Firmen wurden verändert und/oder vom Autor ausgedacht, Geschehnisse anderen und/oder fiktiven Personen zugeordnet. Verbleibende Übereinstimmungen mit etwaigen realen Personen wären somit rein zufällig und sind nicht gewollt.

1. Auflage 2021

Dieses Werk wurde durch die Verlagsagentur Lianne Kolf vermittelt.

Medieninhaber, Verleger und Herausgeber:
Red Bull Media House GmbH
Oberst-Lepperdinger-Straße 11–15
5071 Wals bei Salzburg, Österreich

Satz: MEDIA DESIGN: RIZNER.AT
Gesetzt aus der Palatino, Bauer Bodoni, Courier
Umschlaggestaltung: www.b3k-design.de, Andrea Schneider, diceindustries
Umschlagmotive: Rainer Mirau / picturedesk.com; Mallaun / F1Online / picturedesk.com: Viktor Fedorenko / shutterstock.com; Gorich / shutterstock.com
Printed by CPI books GmbH
ISBN: 978-3-7104-0240-1

CHEFINSPEKTOR KERSCHBAUMER
WIRD IM SOMMERURLAUB GESTÖRT

ERSTER URLAUBSTAG

Samstag, 2. August

WETTER

Hochsommerlich warm, dunkle Gewitterwolken belassen es bei einer Drohung und verziehen sich artig hinter die Berge.

BESONDERE VORKOMMNISSE

In einem Supermarkt in Radenthein wirft eine Dame mit gefrorenen Lebensmitteln um sich. Eine Augenzeugin dieser groben Ordnungswidrigkeit wird dabei fast von einem Alaska-Wildlachs-Filet getroffen. Die herbeigerufenen Ordnungskräfte können schlichten. Über das Motiv schweigt sich die 52-Jährige aus.

1. Angekommen!

So sah die Sache natürlich schon viel besser aus.

Wendelin Kerschbaumer blickte über die Almwiese und hatte ein Weizenbier vor sich stehen. Er hörte Kuhglocken, einen Dieseltraktor, das Brummen einer sich entfernenden Hummel und das Zischeln der Kohlensäurebläschen im hohen, schlanken Glas. Er genoss den frischen Duft soeben gemähten Grases und den etwas muffigen Holzgeruch des rustikalen Tisches. Die Nachmittagssonne, deren Farbe schon leicht ins Orange überging, strahlte ihm ins Gesicht, und er blickte auf den Tannenwald, durch den im Winter eine Abzweigung der Maibrunnpiste auf den Anfängerhang mündete.

Ein paar Stunden zuvor hatte er noch im Stau gestanden, musste sich einreihen in einen endlosen bleiernen Wurm, der sich von der Wiener Dampfschiffstraße und dem Knoten Prater über die Südautobahn bis nach Graz und Klagenfurt wand wie ein einziges Lebewesen mit Benzin in den Adern. Die Klimaanlage röchelte vergeblich gegen die heiße Plastikarmatur an, deren Gestank sich mit Abgasen, verschwitztem Polsterstoff und den Resten eines Schokoriegels vermischte. Für die dreihundertsiebzig Kilometer nach Bad Kleinkirchheim hatte er sechs Stunden gebraucht. Er hatte sich selbst, seinen Job und die ganze Welt verflucht – und erst recht die meditativen Atemübungen, die er seit ein paar Monaten ausprobierte, um seinen Blutdruck zu senken, und die ihm jetzt so gar nicht helfen mochten. Warum war er nur an einem Samstag losgefahren? Warum hatte er die Stauwarnungen ignoriert? Warum waren alle anderen Autofahrer so viel dümmer als er, sprangen von Spur zu Spur, verschliefen das Wiederanfahren und hatten noch nie etwas von einer Rettungsgasse gehört? Wie gern hätte er mit seiner Dienstmarke den einen oder anderen rausgezogen und gehörig die Meinung gegeigt!

Aber jetzt war alles vergessen. Sein Sommerurlaub konnte beginnen.

Kerschbaumers Koffer waren bereits oben auf seinem Zimmer im Kirchheimerhof. Es war das Zimmer vom letzten Mal, diesem turbulenten Winterurlaub, der mit einem getöteten Hausmädchen begonnen und mit einem beinahe aufgeknüpften Journalisten geendet hatte.

Er hatte sein Kommen vor einigen Wochen den Kollegen von damals angekündigt, Inspektorin Hilde Hofgärtner und dem braven Inspektor Feiersinger, dessen Vornamen er schon wieder vergessen hatte, genau wie vor einem halben Jahr, als sie gemeinsam in dem Fall des Hausmädchens ermittelt hatten. Volker, genau.

Doch seit zwei Tagen hatte er nichts mehr von ihnen gehört, und er wollte ja auch nicht bei der Arbeit stören. Hilde hätte er schon gern wiedergesehen, aber die hatte ja diese Knalltüte von On-off-Freund, Porschefahrer noch dazu, und aus diesem Beziehungsschlamassel wollte er sich dann doch lieber raushalten. Man würde sich schon über den Weg laufen.

Auf Kerschbaumers Programm standen Wanderungen – oder besser gesagt: ausgedehnte Spaziergänge – und ein paar Besuche bei Muskelpaket Werner im Ruckizucki Fit in Radenthein. Die Sache mit der Wampe war nicht besser geworden, und im Stau hatte er sich darüber geärgert, mit dem Rauchen aufgehört zu haben. Das hätte ihn vielleicht etwas ruhiger gemacht.

Aber nun war ja alles gut. Vor ihm lagen zwei Wochen Unbeschwertheit. Er winkte die Bedienung der Groar Alm heran, um ein zweites Weizenbier zu ordern. Morgen, morgen ganz bestimmt, da ging es los mit Gemüse und Alkoholverzicht. Also, Verzicht in Maßen. Solange es die Lebensqualität nicht störte, denn eine Geißelung würde ja doch nur kontraproduktiv sein. Vielleicht würde er auch mal Yoga ausprobieren. Soll ja gut für den Blutdruck und das innere Gleichgewicht sein. Letzteres wankte noch ein wenig, nicht nur wegen des mörderischen Staus bei der Anreise. Diese Scheidungsgeschichte zog sich hin – Papierkram, Unterlagen, Forderungen.

Hier, in Bad Kleinkirchheim, würde er endlich abschalten können. Außerdem war nichts so schlimm, als dass es sich nicht bei einem abendlichen Braten vom Nockalmrind und ein paar Gläsern Zweigelt abmildern ließ. Danach würde er zufrieden einschlafen, vielleicht gestört von ein paar wilden Träumen von Maschinengewehren auf Motorhauben.

ZWEITER URLAUBSTAG

Sonntag, 3. August

WETTER

Kein Grund zur Klage - tiefblauer Himmel, durchsetzt mit Wölkchen, Kondensstreifen und Paraglidern.

BESONDERE VORKOMMNISSE

Früh am Morgen begegnen sich ein deutsches und ein tschechisches Urlaubspaar auf einem Panoramawanderweg auf zweitausend Metern Höhe in der Gemeinde Heiligenblut. Sie geraten hinsichtlich der Frage aneinander, ob die Murmeltiere gefüttert werden dürfen oder nicht. Nach wilden Beschimpfungen spuckt die tschechische Urlauberin dem deutschen Urlauber mehrmals ins Gesicht. Daraufhin stößt der Bespuckte die Frau von sich, wodurch diese über eine Böschung etwa einen halben Meter abstürzt und sich dabei am Knöchel verletzt. Die Frau wird vom Rettungsdienst in das nächstgelegene Spital verbracht.

2. Auftrieb der Ordnungskräfte

Nach dem Frühstück im Hotel nahm Kerschbaumer den Weg, der steil vom Kirchheimerhof oberhalb des Ortes auf den idyllischen Wanderweg in Richtung Therme führte. Idyllisch war daran nicht nur, dass er fernab der Hauptstraße am Twengbach entlangführte, der sehr überzeugend mit seinem klaren Wasser angab, sondern auch, dass der Weg nur fünfhundert Meter lang war, kaum Gefälle hatte und, wenn man rechtzeitig vor der Therme abbog und eine kleine Schleife drehte, direkt vor der Greisslerei endete, wo es den köstlichen Kaffee aus der Siebträgermaschine gab.

Man musste es im Urlaub langsam angehen lassen, fand der Chefinspektor, bloß nichts übertreiben. Zwar hatte er sich einen Wanderführer gekauft, aber die Routen waren doch sehr ambitioniert. Immerhin saßen die neuen Wanderschuhe gut und drückten nicht.

Auf dem Rückweg sah er etwas, das ihm aus Wien nur allzu bekannt vorkam. Blaulicht drang durch die Bäume, und er machte jede Menge Einsatzfahrzeuge aus, die sich offenbar vor der Feuerwache versammelt hatten. Als guten Chefinspektor zog es ihn sofort dorthin. Doch dann warf sich ihm die Weggabelung vor die neuen Wanderschuhe. Er blieb stehen und überlegte, ob er tatsächlich wissen wollte, was es mit dem Blaulicht auf sich hatte. Bestimmt handelte es sich um eine Übung. Außerdem war er im Urlaub. Grund genug für Kerschbaumer, um doch den Weg in Richtung Hotel einzuschlagen, dessen steiler Anstieg ihn ziemlich schnaufen ließ.

Der weitere Tag verlief so ereignislos, wie erste Urlaubstage für gewöhnlich verlaufen – man macht Pläne, verwirft sie, isst und trinkt reichlich, schaut Unsinn auf dem absurd kleinen Hotelfernseher und geht früh schlafen. Und denkt nicht im Entferntesten daran, dass man bald in einen der merkwürdigsten Mordfälle der letzten Jahre verwickelt sein und Ärger mit bosnischen Waffenschiebern, Berufsspielern, Politikerinnen und TV-Sternchen bekommen würde. Nein, das war alles noch ganz, ganz weit entfernt, und Kerschbaumer schlummerte friedlich dahin.

DRITTER URLAUBSTAG

Montag, 4. August

WETTER

Am Morgen leichter, erfrischender Regen. Später sehr warm mit hoher Luftfeuchtigkeit. Viele Insekten in der Luft, man darf beim Radeln nicht allzu viel lächeln.

BESONDERE VORKOMMNISSE

Für Staus sorgt ein rumänischer Sattelschlepper in der Villacher Innenstadt. Durch einen Fehler im Navigationssystem gerät der Fahrzeuglenker in die Drauländе, einen Teil der verkehrsberuhigten Altstadt, wo er hoffnungslos stecken bleibt. Nachdem eine Polizeistreife mehrere Straßen absperrt und den Lenker beim Rückwärtsfahren einweist, kann er sich aus seiner misslichen Lage befreien. Die Autofahrer müssen sich bis zu einer halben Stunde lang gedulden; die Stadtluft färbt sich von ihren vielen Flüchen leicht violett.

3. Einzelheiten zum Schuss

Am nächsten Tag erwartete Kerschbaumer eine Überraschung. Er gehörte noch zur alten Schule derjenigen, die beim Frühstück lieber Zeitung lasen, als auf einen Bildschirm zu starren. Aus der *Kleinen Zeitung* blickte ihm ein vertrautes Gesicht entgegen. Ja, das war zweifellos Falko. Und die Überschrift klang ebenso wenig gut wie der Text und die Bildbeschreibung. Er beschloss, sogleich ins Polizeirevier an der Dorfstraße zu fahren und der Sache auf den Grund zu gehen.

Dort wurde er von den Kollegen Hofgärtner und Feiersinger freudig empfangen. Selbst Viktor Kriechnitz, Leiter der Abteilung Spurensicherung der Landespolizeidirektion Klagenfurt, rang sich ein Lächeln ab. Hartmut Trevisol dagegen, der Chefinspektor vor Ort, hielt sich wie gewohnt bedeckt. Seit seinem Skiunfall im vergangenen Winter humpelte er ein bisschen, und weil der Unfall sein Fehler gewesen war und er niemanden dafür verantwortlich machen konnte, hasste er vorsichtshalber gleich alles und jeden.

»Kaum zu glauben, Kerschbaumer: Immer wenn Sie hier sind, passiert was!«, begrüßte ihn Trevisol mit einem vorwurfsvollen Ton, der stets seine Sprachmelodie untermalte, ja regelrecht ausmachte.

Kerschbaumer überhörte den Kollegen. »Wer hat ihn erschossen?«

»Das wissen wir noch nicht!«, gab Trevisol zurück. »Wir wissen noch gar nichts über den Toten. Nur das, was seine Brieftasche verrät. Wir haben die Akten angefordert, die bald kommen sollen. Keine Ahnung, warum das so lange dauert.«

Kerschbaumer wusste, warum es länger dauern würde als bei anderen Mordopfern. »Ich kenne ihn.«

Nun blickten ihn die Ermittler noch aufmerksamer an als zuvor. Selbst Trevisol öffnete seine zusammengekniffenen Augen etwas.

»Er war ein guter Kerl. Bisschen wild, aber wirklich kein Schlechter. Armer Falko.«

»Falko?«, wunderte sich Hilde. »Der Tote heißt doch Bernhard! Bernhard Bruchbichler!«

»So steht es wohl im Pass, aber er hasste seinen Vornamen. *Bernhard Bruchbichler, was für eine billige Alliteration!*, fluchte er immer. Falko wurde eine Art Künstlername, unter dem man ihn bei uns in Wien kannte.«

»Jedenfalls wurde dieser Falko oder Bernhard mit einer Kugel im Körper im Twengbach aufgefunden. Gestern gegen Mittag«, fasste Trevisol zusammen.

»Das Geschoss traf ihn aus etwa fünf Metern Entfernung«, präzisierte Kriechnitz. »Der Todeszeitpunkt dürfte etwa sechs bis acht Stunden zuvor gewesen sein, Pi mal Daumen.«

»Also kein Selbstmord?«, fragte Feiersinger überflüssigerweise.

Kriechnitz grinste: »Na ja, mit einem entsprechend präparierten Selfie-Stick wäre da vielleicht was zu machen gewesen.«

»Wurde er denn am Fundort erschossen?«, fragte Kerschbaumer. »So mitten in Bad Kleinkirchheim …«

»Das wissen wir noch nicht, wir haben kein Geschoss gefunden«, sagte Kriechnitz. »Möglich, dass er dorthin gebracht wurde, die Spurensicherung wird sicher noch den ganzen Tag beschäftigt sein.«

»Woher kannten Sie ihn?«, wandte sich Trevisol an Kerschbaumer.

»Aus Wien.« Kerschbaumer blickte nachdenklich aus dem kleinen Fenster auf eine holzverkleidete Pension und dachte an sein erstes Treffen mit Falko. Und er ärgerte sich, dass er nicht doch am Vortag zu der Blaulichtszene gegangen war, die er beobachtet hatte. Aber man glaubte eben nur das, was man glauben wollte – und ein zweiter schwerer Zwischenfall bei seinem zweiten Urlaubsaufenthalt in Bad Kleinkirchheim, das wäre ja beinahe so etwas wie ein böser doppelter Lottogewinn. So jedenfalls hatte er am Vortag gedacht.

Es war ein bitterkalter Winterabend gewesen, vor weit mehr als zehn Jahren. Kerschbaumer war zu einer Schlägerei vor einem Club gerufen worden. Er und Kollege Moreno, noch ziemliche Frischlinge, mussten sich einen Weg durch eine erregte Meute bahnen. Eigentlich wäre das eher etwas für die Kollegen von der Streife gewesen, aber sie beide waren gerade wegen einer Drogensache im Bezirk und sollten Schlimmeres verhindern.

Was die beiden dann zu sehen bekamen, war kein schöner Anblick: Auf dem Boden lagen zwei Männer, die sich ihre Hände vors Gesicht hielten. Um sie herum standen fünf oder sechs Typen, die sie mit Tritten traktierten. Das Problem war, dass Kerschbaumer und Moreno, in Zivil und sogar recht schäbig gekleidet, wie es sich eben für zivile Ermittler gehörte, wie Kumpels wirkten, die helfen wollten. Ihre »Polizei, Polizei!«-Rufe wurden gehört. Aber nicht von allen.

Also boxten sie sich durch. Und bekamen bald selbst was ab. Sogar ziemlich viel. Seitdem war Kerschbaumers Nasenscheidewand im Schiefstand, und jede Erkältung führte zu echten Atemschwierigkeiten. Auch das Schnarchen konnte er elegant damit entschuldigen. Eine Operation hatte er bislang aber immer vermieden. Und Moreno flog ein Stück Schneidezahn davon, den er aus Stolz erst ein Jahr später richten ließ, denn er sah damit ausgesprochen verwegen aus.

Jedenfalls konnten sie sich durchsetzen und brachen selbst ein oder zwei Nasen, aber böses Blut blieb nicht zurück, auch wenn drei der Schläger wegen gefährlicher Körperverletzung zu einer kurzen Haft- und hohen Geldstrafe verurteilt wurden. Denn Kerschbaumer und Moreno hatten ohne Dienstausweis gekämpft und galten fortan als respektierte Persönlichkeiten. Die einstecken, aber auch austeilen konnten. Und die niemanden am Boden liegen ließen, wenn es schlimm wurde. *Ehrenmänner* hießen sie fortan in den Vierteln mit hohem Migrantenanteil. Ein ruhmreicher Titel, der ihnen fortan bei weiteren Ermittlungen helfen sollte.

Und die beiden, die am Boden lagen? Einer starb später an einer Überdosis. Der andere war Bernhard Bruchbichler, ein kleiner dummer Junge, der den falschen Leuten mit seinen Taschenspielertricks das Geld aus der Tasche gezogen hatte und noch weit entfernt von seinem glamourösen Falko-Dasein war.

»Was weißt du über ihn?«, fragte Hilde Hofgärtner unvermittelt. Ihre Stimme holte ihn wieder nach Bad Kleinkirchheim in die Polizeiinspektion zurück.

»Er war Geschäftsmann, wie es so schön heißt. Selbstständig. Mit schwammigen Betätigungsfeldern, Nachtclub-Entertainment und so weiter. Sehr unterhaltsam und großzügig. Viele Freunde, viele Drogen, wie alle in dem Job. Ein paar Steuergeschichten. Aber er konnte sich immer rausreden.« Mehr wollte Kerschbaumer zunächst nicht von seinem alten Bekannten preisgeben.

»Und wir wissen immerhin schon, dass er aus Sankt Oswald stammte«, sagte Hilde, »du weißt schon, dem höher gelegene Ortsteil von Bad Kleinkirchheim.«

»Ach was?« Kerschbaumer war erstaunt. »Ich wusste, dass er Kärntner war, aber nicht, dass er direkt von hier kommt.«

Kriechnitz erhob sich. »Dann werde ich mal zum Leichenschnippeln in unsere Landeshauptstadt fahren. Ein paar Kollegen suchen am Tatort noch nach Spuren, danach schauen sie sich in seinem Hotelzimmer im Urbanhof um. Ich melde mich.«

***

Der Tatort direkt vor der Wache der Freiwilligen Feuerwehr war von beiden Seiten der Straße her mit Polizeiband abgesperrt. Zwei von Kriechnitz' Kollegen suchten nach Indizien und machten allerlei Fotos. Die Leiche hatte man längst abtransportiert, die Blutspuren waren kaum noch auszumachen. Ein paar Neugierige drängten sich am Absperrband, Mitglieder der Freiwilligen Feuerwehr, ein paar Alte und ein paar Junge, die Futter für ihre Instagram-Storys suchten, und auch eine Mutter mit ihrer halbwüchsigen Tochter, die ständig lächelte, was Kerschbaumer ein wenig irritierte.

Hilde und Feiersinger, die den Wiener begleitet hatten, zeigten ihm die Fotos vom Fundort. Falko war wie immer elegant und exzentrisch angezogen gewesen. Mit seinem dunkelblauen Samtjackett, der Schlaghose und der roten Brille wirkte er stets etwas aus der Zeit gefallen – wie einer, der im Studio 54 für die Beschaffung von Kokain zuständig war. Er hatte recht friedlich am Bach gelegen, nicht direkt im Wasser, nur sein linker Arm samt der hölzernen Perlenkette ums Handgelenk hing im kühlen Nass. Die Augen waren geschlossen, die Brille nur leicht verrutscht. Man hätte ihn für einen Betrunkenen halten können, der seinen Rausch ausschläft. Selbst die Einschussstelle in der Herzgegend war auf dem dunklen Stoff kaum auszumachen.

»Keinerlei Schleif- oder Transportspuren?«, fragte Kerschbaumer.

»Kaum. Nur hier, wo der Körper den Hang runtergerutscht ist. Aber da das meiste Blut ins Wasser gelaufen ist, können wir noch nicht genau sagen, ob er hier erschossen wurde oder nicht«, erklärte Feiersinger.

»Deswegen suchen wir ja immer noch nach der Kugel«, rief einer von Kriechnitz' Kollegen.

»Im weichen Erdreich wird sie schwer zu finden sein, sie kann irgendwo tief im Hang stecken oder sonst wo …« Kollege zwei trat heftig auf, als wollte er den Untergrund für dessen unbotmäßige Nachgiebigkeit strafen.

»Der Körper hat sich im Fallen vielleicht gedreht, sodass wir in allen Richtungen suchen müssen«, sagte der erste wieder.

»Hat denn niemand etwas gehört?«, fragte Kerschbaumer. »So mitten im Ort?«

»Nein, bislang hat sich noch niemand gemeldet«, sagte Spurensicherer eins.

Kerschbaumer überlegte: »Vielleicht wurde er also gar nicht hier getötet, sondern man hat seine Leiche aus dem Auto direkt in den Bach geworfen?«

Ein lang gezogenes »Ahaaaaa!!!«, unterbrach ihn in seinen Gedanken. Mit einer überdimensionierten Pinzette, die einer Grillzange ähnelte, hielt Spurensicherer zwei ein verformtes Stück Metall in die Höhe, an dem noch Klumpen von Erde hafteten. »Das könnte was sein …«

Die beiden Ermittler und der urlaubende Chefinspektor traten näher.

Kerschbaumer war kein Waffenexperte, aber das Geschoss wirkte ungewöhnlich groß. »45er?«, fragte er.

Der Finder drehte die Patrone mit seiner Zange in alle Richtungen, als wollte er ein Steak auf dessen Bräunungsgrad überprüfen. »Könnte sein. Ordentliche Wumme jedenfalls. Mit optimaler Mannstoppwirkung.«

»Und für Schalldämpfer bestens geeignet …«, ergänzte Kerschbaumer.

4. Falkos Mission

»Er war wegen des Spielcasinos hier«, erklärte Hilde Hofgärtner wenig später auf dem Revier.

»Welches Spielcasino?«, fragte Kerschbaumer verdutzt.

»Ah ja, das hast du letzten Winter nicht mitbekommen, da liefen die Verhandlungen noch. Die Austria Glück & Trumpf hat das Gelände gegenüber der beiden Supermärkte gekauft. Dort soll ein Casino entstehen.«

»Eine Million und zweihundertfünfundreißigtausend Euro haben die für das Grundstück bezahlt!«, ließ Zahlenfetischist Feiersinger vernehmen. »Angeblich auf einen Schlag, ohne Umweg über Bankkredite.«

»Die Austria Glück & Trumpf – das ist doch die neue Betreibergesellschaft von Spielcasinos aus Wien«, wusste Kerschbaumer.

»Genau. Die große Konkurrenz zu Casinos Austria«, sagte Hilde. »*Kleiner & feiner*, ist ihr Leitspruch.«

»Und was hat Falko hier für sie gemacht?«

»Er war Manager, was auch immer das heißen soll. Nachher kommt der Bauleiter des Casinos vorbei. Der wird es uns sicher erklären können.«

»Sind denn die Angehörigen bereits verständigt?«

»Falko war Einzelkind, seine Eltern sind verstorben, und zwar 1997 und 2008.« Klar, dass Feiersinger sich diese sinnlosen Daten aus der Akte draufgeschafft hatte. »Wir haben sonst niemanden gefunden und warten noch auf die DNA-Proben aus seiner Wiener Wohnung, um ihn sicher zu identifizieren.«

Das Telefon unterbrach die drei Ermittler. Kriechnitz von der Spurensicherung läutete bei Hilde durch, die auf Lautsprecher schaltete.

»Der Boss macht Mittagspause?«, schallte Kriechnitz' Stimme durch den Hörer.

»Wie immer«, sagte Hilde und legte viel Sarkasmus in die drei Silben.

»Ein Schuss ins Herz ist nicht ideal, um einen Menschen umzubringen«, fuhr der Klagenfurter ohne Umschweife fort. »Erstens ist das Risiko eines Fehlschusses groß.«

»Und zweitens ist das Herz durch die Rippen recht gut geschützt«, wusste Kerschbaumer. »Zudem ist der Mensch oft nicht sofort tot, sondern lebt noch bis zu zehn Sekunden weiter, bis der Blutfluss ins Hirn stoppt. In diesen zehn Sekunden kann er ordentlich Radau machen.«

»Mit anderen Worten: Der Täter war kein Profi?«, fragte Hilde in die Runde.

»Oder es war ein Profi, der es nicht wie die Tat eines Profis aussehen lassen wollte«, mutmaßte Kerschbaumer.

***

Trevisol kam von seiner Schnitzelsemmel-Mittagspause zurück. Der ganze Raum roch nach angebranntem Paniermehl, Hilde und Feiersinger verzogen das Gesicht. Es war erstaunlich, wie plötzlich und wie intensiv sich der Geruch im Revier ausbreitete; es schien, als würde Trevisol die Schnitzelsemmel regelrecht ausschwitzen, wie eine umgekehrte Osmose. Seine Untergebenen berichteten ihm vom Gespräch mit Kriechnitz, und Hilde bot ihm eine Minzpastille an.

»Ganz sicher war es ein Profi, der es wie die dilettantische Tat eines Anfängers aussehen lassen wollte«, erklärte Trevisol.

»Genau das hat unser Wiener Kollege auch schon vermutet«, freute sich Hilde, denn Trevisols Reaktion war erwartbar: Er stotterte herum und warf ein paar halbherzige und längst nicht zu Ende gedachte – oder auch nur zu Ende ausformulierte – Argumente herum, warum das eine ganz dumme Idee von ihm war und dass es wahrscheinlich – nein, ziemlich sicher! – eben doch ein Dilettant gewesen war, der Falko Bruchbichler umgenietet hatte.

***

Der Mann war schmächtig und großgewachsen. In der Brusttasche seines Kurzarmhemdes steckten Stifte, das Handy trug er am Gürtel. Sein dunkles Haar, das zu den Schläfen hin grauer wurde, war kurz geschnitten. Er stellte sich als Lukas Niederreiter vor, Architekt und Bauleiter des Spielcasinos. Ohne lange zu zögern, nahm er in dem neuen Besuchersessel Platz.

»Erzählen Sie uns …«, begann Kerschbaumer reflexhaft, doch er brach seine Frage nach einem scharfen Seitenblick von Trevisol ab. Trevisol roch auch noch eine halbe Stunde später nach der Schnitzelsemmel mit welkem Salatblatt, die er sich von der Tankstelle geholt hatte – für ihn ein nahrhaftes Mittagessen.

»Erzählen Sie uns von dem Casino«, begann Trevisol.

»Nun, wir haben seit Mai alle nötigen Genehmigungen beisammen und planen den Baubeginn für Ende September, nach der Urlaubssaison. An diese Auflage müssen wir uns leider halten. Wir dürfen bis zum 7. Dezember weiterbauen, dann ist eine erneute Pause wegen der Skisaison vorgesehen.« Er sprach schnell und mit hoher Stimme. Sein Akzent klang nach Vorarlberg.

»Waren die Genehmigungen schwierig zu bekommen?«, erkundigte sich Feiersinger.

Niederreiter lachte. Es war eher ein trockenes Keuchen. »Na, Sie haben es ja wohl in der Presse mitbekommen. Einfach war es jedenfalls nicht. Wann immer irgendwo ein Casino gebaut wird, sind alle gegen uns.«

»Gab es Drohungen?«, wollte Hilde wissen.

»Ja, bislang stehen wir bei drei Aktenordnern voll. Und da habe ich nur die Mails und Tweets ausgedruckt, bei denen uns wirklich gedroht wurde, nicht die vielen Kommentare auf Facebook.«

Die Ermittler wechselten vielsagende Blicke.

»Ich denke, diese Ordner sollten wir uns einmal genauer ansehen«, sagte Trevisol zufrieden, als wäre ihm die genialste Idee seit der Erfindung der elektrischen Zahnbürste gekommen.

»Was genau war denn Falko Bruchbichlers Rolle?«, fragte Kerschbaumer nun doch. Er konnte sich einfach nicht zurückhalten.

»Er war als Marketing-Chef angestellt, und man machte ihm Hoffnung auf die Gesamtleitung des Casinos. Er kannte sich ja in dem Milieu aus, und die Chefs in Wien hielten es für einen geschickten Schachzug, jemanden zu nehmen, der aus Bad Kleinkirchheim kommt. Sie hofften, dass es dann bei den behördlichen Genehmigungen etwas geschmeidiger gehen würde.«

»War dem so?«, fragte Feiersinger.

»Ich denke nicht, dass dadurch irgendetwas schneller gegangen ist. Zumindest habe ich nichts gemerkt, wir hatten – und haben – den üblichen Ärger von allen Seiten.«

»Was meinen Sie mit *üblichem Ärger?*«, hakte Hilde Hofgärtner nach.

»Jeder glaubt, mit einem Spielcasino holt man sich Sodom und Gomorrha in den Ort. Aber der Unmut legt sich schnell, wenn die Besucherzahlen steigen, die Hotelbetten belegt sind und die Steuereinnahmen fließen.«

»Haben Sie denn einen Verdacht, wer Falko ermordet haben könnte? Gab es konkrete Drohungen gegen ihn?«, fragte Hilde.

Wieder zuckte Niederreiter mit den Schultern. »Nein, konkrete Drohungen? Also nicht dass ich wüsste …«

»Fühlen Sie sich selbst bedroht?«, fragte nun Kerschbaumer.

»Äh, darüber …«, nun zuckten die Schultern nicht mehr, sondern fielen schlaff nach vorn, Niederreiters Gesicht wurde weißlich, » … habe ich noch gar nicht nachgedacht. Sollte ich das?«

***

Nachdem sich der Architekt verabschiedet hatte, zog Trevisol seinen Wiener Kollegen beiseite.

»Gehen wir einen Kaffee trinken?«

Kerschbaumer war überrascht, auch Hilde und Feiersinger blickten verblüfft zu ihrem Chef.

»Ich will Sie nicht in einen Hinterhof zerren und töten«, lächelte Trevisol. Ja, er konnte lächeln! Auch wenn es ihm erkennbares körperliches Unbehagen bereitete.

Also gingen Trevisol und Kerschbaumer die Treppe zur Bäckerei Weissensteiner hinab und setzten sich an einen Ecktisch. Um diese Zeit war die Bäckerei so gut wie leer, die Brötchen und Kuchen hatten ihre Käufer gefunden, leere Backbleche zierten die Auslage, sie hatten das Lokal für sich. Trevisol bestellte bei der Bedienung einen männlichen Filterkaffee (»sehr schwarz, sehr heiß«), Kerschbaumer tat es ihm aus Neugier nach, denn er wusste, dass unter jungen Wiener Hipstern ein Filterkaffee das neue ganz große Ding war. Der dargereichte Kaffee schmeckte entsprechend – etwa so wie das ungewaschene Unterhemd eines jungen Wiener Hipsters.

»Ich will nicht so tun, als sei ich ein grantelnder, alter Sack«, sagte Trevisol. »Die Sache ist bloß die, dass ich einer bin.«

Kerschbaumer musste grinsen, und, oh Wunder, Trevisol grinste auch. Zwei Mal an einem Tag überquerten die Mundwinkel den Lippenäquator gen Norden – das musste ein Rekord sein!

»Nennen Sie mich altmodisch, rückständig, einen Bauernbub, was weiß ich. Ich bin ja bloß ein Kärntner, und der feine Herr Chefinspektor kommt aus Wien. Aber Sie sind im Urlaub, und ich bin es nicht. Es wäre mir sehr recht, wenn Sie sich aus diesem Fall raushalten, und zwar gründlich. Das verstehen Sie sicher, oder? Wenn ich bei meiner Tante Trude in Wien zu Besuch wäre und plötzlich jeden Tag vor Ihrem Schreibtisch stehen würde, wäre Ihnen das sicher auch nicht recht.«

Kerschbaumer nickte so verständnisvoll, wie es ihm möglich war.

»Und wenn wir noch Fragen zu diesem Falko Bruchbichler haben, dann melden wir uns bei Ihnen. Genießen

Sie unseren schönen Ort! Waren Sie schon auf der neuen Rodelbahn? Ihr Wiener seid doch immer so flott unterwegs.«

***

Am Abend im Hotel schaute Kerschbaumer eine der unzähligen Krabbenfischer-Dokuserien, die er sehr genoss, denn weiter konnte man sich ja gar nicht aus Österreich fortdenken. Er musste zugeben, dass Trevisols Sicht der Dinge nicht ganz von der Hand zu weisen war. Aber bei genauerer Betrachtung und einem Glas Zweigelt war Trevisols Sicht der Dinge eben doch dumm, schließlich kannte Kerschbaumer den Toten gut und wusste viel über seine Vergangenheit. Der Wiener Ermittler dachte über die bizarre Situation nach, dass ihm schon wieder eine Leiche den Urlaub verhagelte.

Was war mit Falko passiert? Er hatte zweifellos immer mit dem Feuer gespielt, doch offenbar hatte er dieses Mal am falschen Scheit gezündelt. Wer hatte Falko Bruchbichler auf dem Gewissen?

VIERTER URLAUBSTAG

Dienstag, 5. August

WETTER

Sehr heiß, beinahe stickig. Erlösender Regen samt gewaltigem Getöse trotz aufziehender Wolken aus dem Norden erst am Nachmittag.

BESONDERE VORKOMMNISSE

Ein Millstätter Frührentner, längst polizeibekannt, wird dabei erwischt, wie er einen Gartenschlauch in das Kellerfenster des Nachbarhauses ablässt und anschließend das Wasser aufdreht. Er will das Haus des Nachbarn, der sich gerade im Urlaub befindet, unbewohnbar machen. Hintergrund ist ein langjähriger Streit um die Parkplätze vor dem Grundstück.

5. Der Stand der Dinge

»Eiiiiinatmen, aaaausatmen. Und wiiiiieder von vooooorn.«

Wendelin Kerschbaumer stand auf einer Blumenwiese mit Bick über Bad Kleinkirchheim. Er war barfuß wie die anderen. Und die anderen kamen in allen Größen, Formen und Farben daher. Bloß geschlechtlich war die Sache klar: Kerschbaumer war der einzige Mann.

Das Hotel bot jeden Dienstagmorgen vor dem Frühstück ein *Chinesisches Tiefenatemtraining mit Monika* an, und der Hotelprospekt versprach *mehr Achtsamkeit, mehr Körperbewusstsein, mehr innere Ruhe*. Kerschbaumer hatte keine Ahnung, was all das bedeuten sollte, obwohl er all das in Wien natürlich an jeder Straßenecke hörte. Und auch seine Ex-Frau war immer ganz vorn im Esoterik-Game gewesen. Also beschloss er, ganz Ermittler, sich diese Sache mal genauer anzuschauen. Vielleicht war ja was dran?

»Eiiiiinatmen, aaaausatmen«, sagte Monika, eine sehr attraktive Frau mit einer ungewöhnlich großen, gebogenen Nase. »Und wiiiiiieder von vooooorn.«

Also atmete er komisch herum, schielte mit halb geschlossenen Augen auf attraktive Kursteilnehmerinnen und dachte nicht an Blumenwiesen und sich hebende und senkende Diaphragmen. Sondern zunächst an die Dame links von ihm, sehr zäh, sehr sportlich. Gebräunt, aber nicht von der Sonne. Etwas älter als er, aber viel besser in Form. Doch dann dachte er wieder an den toten

Falko Bruchbichler, an seinen eigenen sich entwickelnden Bierbauch, an diese Scheidungskatastrophe mit seiner Ex-Frau, an Rapid Wien und den neuen Trainer beim Hamburger Sportverein.

»Eiiiiinatmen, aaaausatmen. Und wiiiiiieder von vooooorn.«

Gut, dass der Spuk bald vorbei war.

Nach dem Frühstück beschloss er, sich in Sachen Spielcasino auf den neuesten Stand zu bringen. Zunächst recherchierte er im Internet, dann telefonierte er mit ein paar Bekannten in Wien. Nur, um nicht allzu dumm dazustehen – immerhin hatte es einen Mord gegeben. Außerdem fühlte er sich Falko verpflichtet. Nach allem, was der arme Kerl vor drei Jahren für sein Wiener Präsidium getan hatte.

Kerschbaumers Erkundigungen zum Casino hatten einiges zutage gefördert. Das Zockerparadies in Bad Kleinkirchheim sollte Folgendes bieten: vier Pokertische – davon ein Easy Hold'Em, bei dem der Spieler nur gegen die Bank spielt –, vier Roulettetische, zwei Black-Jack-Tische, eine Reihe von dreißig Spielautomaten, einen Tisch mit Macau Baccarat und eine eigene Lotterie mit täglicher Ziehung. Eine Bar mit großer Wein- und Whisky-Auswahl, edle Snacks, Sushi-Abende mit renommierten Küchenchefs. Die Architektur sollte sich, so gut es ging, in das Ortsbild einfügen. Kerschbaumer betrachtete interessiert die 3-D-Ansicht des geplanten Neubaus, die er auf der Homepage der Betreiber gefunden hatte (und lernte dabei, dass man so etwas »Rendering« nannte): ein modern geschwungenes Dach über einem beinahe rustikal wirkenden Holzbau. Das edle Ambiente sollte durch einen roten Teppich, Lichtdome am Eingang und Concierges in Livree betont werden. Der Eintritt sollte fünfzig Euro in Form einer »Glückskarte« kosten, die mit Geld aufgeladen war. Bargeld sollte möglichst komplett aus dem Casino verbannt werden, so das clevere Konzept von Austria Glück & Trumpf, das bislang erfolgreich in diversen Ski- und Urlaubsorten funktionierte. Denn wer nur eine Chipkarte mit sich herumträgt, verliert schnell das Gefühl für all das, was er damit bezahlt.

Und: Das Casino sollte tatsächlich im Mai des kommenden Jahres eröffnen, obwohl noch diverse Klagen anhängig waren – und eine Bad Kleinkirchheimer Bürgerinitiative heftig Stimmung gegen das Projekt machte. Die Initiative CasiNO hatte bereits mehr als viertausend Facebook-Fans. Erstaunlich, dachte Kerschbaumer, wo doch der Ort selbst nur achtzehnhundert Einwohner hatte. Vielleicht sollte man mit diesen Leuten einmal sprechen.

***

Und das hatte Kerschbaumer getan. Es hatte ihn nur einen Anruf gekostet, Franziska Furter, Kopf der Anti-Casino-Bewegung, war höchstselbst nicht nur sofort am Telefon, sondern auch sofort disponibel. Also fuhr er am Vormittag nach Radenthein und wurde überraschend kühl empfangen. Die Umgebung half nicht gerade: Das Café in Radenthein lag in einem übel beleumundeten Industriegebiet direkt an der Hauptstraße, umgeben von Billig-Discountern mit zwei Shirts für fünf Euro und fünf Socken für zwei Euro. Kerschbaumer behagte die Gegend nicht, und er blieb wachsam.

»Sie sind Chefinspektor der Kriminalpolizei Wien, aber nur im Urlaub hier und nicht für den Fall zuständig?«

Kerschbaumer räusperte sich. »Nun ja, so kann man das nicht sagen …«

»Lassen Sie es mich umformulieren: Sie sind nicht an den laufenden Ermittlungen beteiligt?«

»Äh, nein.«

Die sehr kleine, sehr zierliche Person, die Kerschbaumer am Bistrotisch des Cafés in Radenthein gegenüberstand, lächelte und zeigte dabei die Lücke zwischen ihren Schneidezähnen.

»Halten Sie mich für verdächtig?«, fragte sie – noch immer lächelnd.

»Warum sollte ich?«

Franziska zuckte unterkühlt die Schultern und bestellte sich einen Kaffee mit Sojamilch. Sie war auf diese großstädtische Art nachlässig gekleidet, mit absichtlich unförmiger, aber sauteurer Funktionskleidung skandinavischer Marken. Das blonde Haar trug sie zum Pferdeschwanz gebunden, und ihr Make-up sollte den Eindruck erwecken, sie sei ungeschminkt.

»Nein, ich denke, Sie halten mich nicht für eine Mörderin«, antwortete sie nach einer kurzen Pause.

»Haben Sie denn einen Verdacht, wer hinter der Tat stecken könnte?«

»Oh, ich habe keine Ahnung. Ich habe diesen Bruchbichler nie getroffen, auch wenn ich natürlich weiß, wer er ist. Aber diese ganze Spielbanken-Mischpoke ist doch ziemlich kriminell …«

»Soso …«

»Ach, kommen Sie! Den Friedensnobelpreis bekommt in dem Job keiner! Drogen, Alkohol, Schulden, Kredite, Prostitution … Ich bin zwar ein Mädchen vom Lande, aber ich bin nicht naiv!«

»Dann erklären Sie mal einem Jungen aus der Stadt, was Sie gegen das Casino haben!«

Sie schnaubte und wischte sich etwas Milch von der Oberlippe. Kerschbaumer konnte sich nicht recht entscheiden, ob er sie attraktiv fand oder nicht.

»Nach offiziellen Schätzungen sind etwa zwanzigtausend Österreicher spielsüchtig. Inoffiziell dürften es noch viel mehr sein. Eine Spielsucht zieht jede Menge gravierender Probleme nach sich. Mit denen Sie und Ihre Kollegen sich dann herumschlagen müssen.«

Ihre Augen funkelten, möglicherweise trug sie Kontaktlinsen. Kerschbaumer befand sie eindeutig für nicht attraktiv, gerade weil sie subtil versuchte, genau das zu sein.

»Spielsüchtige kriegen finanzielle Schwierigkeiten und werden kriminell, um sich Geld zu beschaffen«, fuhr Franziska Furter fort. »Dabei treffen sie auf andere Kriminelle, die ihnen wiederum Geld zu Wucherzinsen leihen. Daraus ergibt sich schnell ein Teufelskreis. Dann sind da noch der Alkohol- und Drogenkonsum, die häusliche Gewalt und oft genug der Suizid. Wir glauben, dass fünf Spielsüchtige in einem Ort wie Bad Kleinkirchheim reichen würden, um das ganze soziale Gefüge zum Kippen zu bringen. Wer Ja zum Casino sagt, der sagt auch Ja zu Geldwäsche und Drogenhandel.«

»Puh.«

»Ja, da hat der Junge aus der Stadt nun was zum Nachdenken!« Franziska Furter lächelte, wobei sie ihre Backenzähne entblößte. Das gab ihr etwas beunruhigend Verschlagenes.

»Das klingt alles wunderbar«, sagte Kerschbaumer, »aber Sie haben überhaupt nicht recht.«

Die Furter zuckte zusammen. Sie war Widerspruch nicht gewohnt.

»Denn es ist ein größeres Problem, die Spielsucht in der Illegalität zu halten, als sie kontrolliert freizugeben. Staatliche Aufsicht über alles, was an den Spieltischen fließt ...«

»Und Sie glauben, dass staatliche Aufsicht ernsthaft hilft?«

»Ja, denn ich denke, dass der Weg, die Illegalität auszutrocknen, ein Weg in die kontrollierte Legalisierung ...«

»Reden Sie keinen Quatsch, Sie sind kein Politiker.« Die Furter war irritiert. Vielleicht weil Kerschbaumer es ihr so schwer machte, ihn auf ihre Seite zu ziehen. Beide rührten in ihren Cappuccinos.

»Ich wollte nicht ...«, begann die Furter nach einer langen Pause, beendete aber ihren Satz nicht.

»Schon gut, kein Problem«, antwortete Kerschbaumer, obwohl er gar nicht wusste, was sie zu sagen hatte. Aber er ahnte, dass er Franziska Furter heute nicht zum letzten Mal getroffen hatte.

***

In Bad Kleinkirchheim angekommen, stellte Kerschbaumer das Auto auf dem Parkplatz des Supermarktes Billa ab und überquerte die Straße. Er stand auf dem Feld, das provisorisch mit einem Band abgesperrt war. Ein Bauschild warb mit einer hübschen, am Computer erzeugten Grafik des Casinos. In der Grafik standen junge, gut gekleidete Leute am Eingang und schienen es nicht erwarten zu können, es endlich zu betreten und ordentlich Geld an den Spieltischen zu verlieren.

Ein Passant mit seinem Jack-Russell-Terrier kam hinzu. Der Jack Russell sprang schwanzwedelnd an Kerschbaumer empor, der wurde weich und streichelte den Hund.

»Das macht Lola nicht mit jedem«, sagte der Passant, ein älterer Herr, der nicht mehr gut zu Fuß war. Dass Lola das *nicht mit jedem* machte, war die typische schmeichelhafte Lüge jedes Hundebesitzers. Aber eine wie Lola war Kerschbaumer natürlich lieber als die Kampfhundgeschwader in so manchen Wiener Problembezirken.

»Ein Spielcasino, wer hätte das gedacht?«, plauderte Kerschbaumer.

»Edel geht die Welt zugrunde«, raunzte der Rentner.

»Sind Sie dafür oder dagegen?«

»Die können von mir aus alle zur Hölle fahren. Lola, aus!« Der Rentner ging seines Weges, Lola blickte sich noch ein paarmal zu Kerschbaumer um, was ihm tatsächlich schmeichelte. Man musste sich, dachte er, sein Selbstbewusstsein eben holen, wo man konnte.

Wolken zogen auf, türmten sich schnell und schwarz empor und warnten vor einem Gewitter. Sein üblicher Spaziergang würde heute wohl ausfallen. Als er wieder am Auto war, prasselten die ersten Tropfen herab, so groß wie Tischtennisbälle.

Zurück im Hotel, rief er die Kollegen in Wien an und bat um die Zusendung einiger Unterlagen, die wenige Minuten später per Mail eintrafen. Er machte es sich an der Bar gemütlich und bestellte einen Schwarztee, während das Gewitter mit einer Heftigkeit wütete, wie man sie nur aus den Bergen kennt: Obwohl erst Nachmittag, war es stockfinster, dazu fegten Sturmböen durchs Tal und rüttelten an den raumhohen Panoramascheiben. Der

Regen prasselte so hart auf die Dachziegel und gegen die Fenster, dass jede Unterhaltung unmöglich war.

Kerschbaumer begann zu lesen: über Falko Bruchbichler und jenen aufregenden Fall, der sie damals zusammengebracht hatte.

FÜNFTER URLAUBSTAG
Mittwoch, 6. August

WETTER 

Warm, leicht bewölkt, sehr windig mit Sturmwarnung. Die Österreichische Segelwetterzentrale (SWZ) warnt vor Segelausflügen auf den Kärntner Seen. Selbst die Tauben gehen lieber zu Fuß.

BESONDERE VORKOMMNISSE

Dreister Betrug zweier Obstbauern, die in den letzten drei Jahren zwanzig Tonnen Äpfel und Marillen aus Ungarn in den heimischen Markt geschmuggelt und mit dem »AMA-Gütesiegel Austria« versehen haben. Die Finanzpolizei ermittelt.

6. Das musst du dir ansehen

Kerschbaumer war heute früh aufgestanden, hatte er sich doch für eine morgendliche *Yoga-Stunde bei Astrid* eingetragen. Er kam neuerdings etwas schwer aus dem Bett, und obwohl er von Yoga schon deswegen nichts hielt, weil seine Ex-Frau dauernd davon geschwärmt hatte, wollte er es nun doch einmal auf sicherem Boden, fernab vom Spott der Freunde, ausprobieren. Doch bereits beim Anlegen der Sportkleidung bekam sein Selbstwertgefühl einen gehörigen Dämpfer. Der Bauch war zweifellos wieder ein wenig gewachsen, dabei hatte er doch konsequent auf alkoholfreies Bier umgestellt. Jedenfalls zu Beginn des Abends. Auch die Wanderungen mit dem Schrittzähler schienen nichts dagegen ausrichten zu können, dass seine Körpermitte zusehends runder wurde. Er musste zusätzlich wohl doch wieder ins Ruckizucki Fit nach Radenthein fahren.

Aber immerhin hatte er heute Morgen beim Frühstücksbuffet nur Müsli, Eier und Kaffee ohne Milch und Zucker zu sich genommen, was er bereits für einen kleinen Triumph hielt.

Kurz bevor er zur Yogastunde aufbrechen wollte, klingelte sein Handy. Am anderen Ende der Leitung meldete sich Hilde Hofgärtner.

»Komm doch mal zum Baugrund des Casinos. Das solltest du dir ansehen«, sagte die Inspektorin.

»Ich habe doch nichts mit dem Fall zu tun«, versuchte Kerschbaumer abzuwiegeln. Aber Hilde ließ nicht locker.

»Ich weiß, aber gegen einen Spaziergang durchs Dorf kann ja wohl keiner was haben. Also bis gleich dann, wir sind schon vor Ort!«

***

Als Kerschbaumer wenig später in Richtung Bauplatz marschierte, staunte er nicht schlecht. Das, was nun auf der gestern noch freien Fläche prangte, sah aus wie eine große Kunstinstallation und wirkte spektakulär. Auf der gesamten Wiese waren Schilder in den Boden gerammt, mehrere Dutzend waren es bestimmt. Auf ihnen stand:

»Gier tötet – CasiNO!«

Auf der Dorfstraße hatten sich außer der Polizei ein paar Neugierige und zwei Pressefotografen versammelt. Trevisol, Hofgärtner und Feiersinger stiefelten auf dem Feld umher. Lukas Niederreiter, der Bauleiter des Casinos, den Kerschbaumer ein paar Tage zuvor im Präsidium kennengelernt hatte, wies von der Straße aus zwei Arbeiter an, endlich die Schilder zu entfernen. Feiersinger rief etwas zu ihnen herüber, was nach Spurensicherung klang, und die beiden Männer hielten kurz inne. Doch Chefinspektor Trevisol winkte ab, und die Arbeiter fuhren mit dem Abbau fort.

Kerschbaumer sah sich einige der Schilder genauer an. Sie waren aus soliden Holzpflöcken gefertigt, die Texttafeln aus Karton waren fein säuberlich laminiert worden. Dies war sicher nicht das Werk einer Einzelperson.

***

»Und keiner hat etwas gesehen?«, fragte Kerschbaumer.

»Keiner.« Auch Hilde wunderte sich. »Es muss mitten in der Nacht passiert sein. Und sie haben sehr schnell gearbeitet. Bestimmt waren es drei, vier Leute.«

»Das ist ja ungewöhnlich. Und alles so nah an der Hauptstraße.« Wie schon beim Mord an Falko schien die Nacht ein sicheres Zeitfenster, um allerlei Untaten zu begehen. Im Gegensatz zu Wien lag man hier nach 22 Uhr friedlich im Bett.

Uschi brachte das Weizenbier, und Kerschbaumer bestellte einen Grillteller. Hilde Hofgärtner blieb beim Salat, während Feiersinger ein Schweineschnitzel mit Pommes frites orderte. Die drei hatten sich zum Abendessen in der Sportalm von Sankt Oswald getroffen, um ungestört die Ereignisse des Tages zu besprechen. Es war noch hell, und einige Mutige hatten sich draußen hingesetzt, dabei wurde es auf 1600 Metern am Abend empfindlich kühl. Kerschbaumer und seine Kollegen hatten es da doch lieber warm und mollig und genossen die Aussicht durch die schützende Fensterscheibe.

»Erzähl doch mal von diesem Falko«, drängte Hilde. »Du hast gesagt, du kennst ihn aus Wien?«

Kerschbaumer fühlte sich unwohl. Jeden Gedanken an Wien und seine Arbeit hatte er eigentlich für ein paar Tage verbannen wollen. Doch das war vorerst wohl nicht mehr möglich. »Wie jeder, der in diesem Geschäftsfeld arbeitet, hatte Falko eigenartige Freunde.«

»Wie meinst du das?«

»Na, weißt du doch«, wich Kerschbaumer aus. »Er kannte die Türsteher. Er kannte die Superreichen und ihre Bodyguards. Und auch ihre Männer fürs Grobe. Er wusste, wo man Drogen bekommen konnte und so weiter.«

»Kannst du dir erklären, wer ihm Böses wollte?«, bohrte Hilde weiter.

»Es ist so: Falko und ich hatten ein recht enges Verhältnis. Nicht dass wir befreundet gewesen wären. Aber er hat mir bei einigen Fällen geholfen …«

»Er war also ein Informant?«, horchte Feiersinger auf.

»So könnte man es nennen. Ich muss erst völlig sicher sein, dass es keinerlei Verbindung zwischen diesem Mord und einigen meiner Ermittlungen gibt.«

»Was für Fälle waren das?« Wieder war es Hilde, die nachfragte; Feiersinger war ungewöhnlich verschlossen und glotzte immer wieder auf das Display seines Handys. Er schien auf eine Nachricht zu warten, die nicht kommen wollte.

»Das kann ich nicht verraten. Noch nicht.«

Das Essen wurde serviert, und Kerschbaumer erzählte von dem Treffen mit Franziska Furter, um ihr Gespräch in eine andere Richtung zu lenken.

»Lass das mal nicht den Trevisol hören! Wir haben heute Vormittag auch mit der Furter gesprochen. Wegen der Schilder am Bauplatz.«

»Was sagt sie zu der Aktion?«

»Sie hat alle Vorwürfe konsequent weggelächelt.«

»Aber nicht geleugnet?«

»Nein. Aber eben auch nicht zugegeben.«

Hilde und Kerschbaumer spekulierten weiter, während Feiersinger lustlos in seinen Pommes herumstocherte. Ob er sie einzeln zählte? Dann verabschiedete er sich kurz »für kleine Königstiger« (O-Ton Feiersinger) und nahm das Handy mit.

Hilde beugte sich vor. »Feiersinger und die Pulracher, du erinnerst dich?«

Natürlich erinnerte sich Kerschbaumer. Der spröde Revierinspektor und die glamouröse Hotelchefin des ersten Hauses im Ort, die jeden Auftritt so zelebrierte, als würde sie einen Oscar entgegennehmen – das war immer eine merkwürdige Liaison gewesen, und bevor Kerschbaumer etwas sagen konnte, bestätigte Hilde, was der Wiener längst geahnt hatte.

»Die Pulracher hat mit ihm Schluss gemacht.«

Ach herrje.

7. Falkos Geschichte

Ja, Wendelin Kerschbaumer kannte den Toten gut, und als Feiersinger von seiner Königstiger-Pause zurückkehrte, beschloss der Wiener dann doch, alles über Falko zu erzählen. Erstens, um Feiersinger von seiner amourösen Malaise abzulenken. Zweitens, um vielleicht etwas zur Lösung des Falls beitragen zu können. Er hatte eigentlich noch ein paar mehr Erkundigungen einholen, Jahreszahlen und Fakten verifizieren, Fälle und Akten studieren wollen. Aber egal. Sie saßen zusammen, Trevisol nervte nicht, und Feiersinger konnte andere Gesprächsthemen gebrauchen.

Also los.

Als er Falko in Wien erneut begegnete, vier oder fünf Jahre nach der Prügelei, war dieser schon eine große Nummer geworden, trotz oder wegen einer Kindheit zum Vergessen: Der Vater verließ die Familie, als Falko noch ein Säugling war. Mutter und Kind kamen auf dem Hof einer Tante unter, wo sie auf engstem Raum mit deren Familie zusammenlebten. Doch Falko fand sein Refugium. Irgendwoher hatte er ein altes Kartenspiel aufgetrieben, mit dem er sich vors Haus setzte und Tricks übte. Stundenlang. Tagelang. Wochenlang.

Nach einigen Monaten hatte er bereits eine Menge gelernt: Wie man nicht die oberste, sondern die zweitoberste Karte austeilt. Wie man einen Stapel mischt, ohne die Position der Karten zu verändern. Wie man sich die unterste Karte zuschanzt oder geschickt die Karten markiert – durch ein leichtes Anritzen oder, noch subtiler, ein vorsichtiges Biegen der oberen rechten Ecke, sodass in der Hand des Gegenübers das Licht anders reflektiert wird. Auch das Kartenwerfen übte er. Bald konnte er die Karten eines ganzen Sets hintereinander ohne Fehlversuch in eine fünf Meter entfernte Milchkanne befördern.

Auf der Volksschule erwies er sich als begabt, er kam aufs Gymnasium nach Klagenfurt, hatte keine Probleme mit Latein, Französisch und Mathematik. Zwar war er nie richtig gut bei den mündlichen Abfragen und Vokabeltests, aber alle mochten ihn, Mitschüler wie Lehrer. Er bekam immer gute Noten. Und so entdeckte er seine größte Begabung: Als *everybody's darling* konnte er sich alles erlauben.

Nebenbei brachte er sich das Würfeln bei. Er trainierte mit steifem Handgelenk, um sich beim echten Spiel einen leichten statistischen Vorteil zu verschaffen. Und bald nahm er in den Pausen erst die Mitschüler und dann die Lehrer aus.

In den Billardsalons machte er mit einer todsicheren Wette von sich reden, die ihm regelmäßig schnelle fünfhundert Schilling einbrachte: Er wettete, er könne in Längsrichtung über einen Billardtisch springen, ohne diesen zu berühren. Dafür hatte er eine Kopf-voran-Technik entwickelt und rollte sich auf der anderen Seite ab.

Er hatte auch sonst ein paar clevere Wege gefunden, um zu Geld zu kommen. Ein paarmal wettete er, dass er eine Erdnuss quer über eine sechsspurige Straße werfen könne. Der Trick: Er hatte die Erdnuss vorher mit Blei gefüllt. Zocker, die von dem Blei-Trick gehört hatten, drückten ihm daraufhin eine selbst mitgebrachte Nuss in die Hand. Kein Problem für seine flinken Finger: Er tauschte sie einfach kurz vor dem Wurf gegen eine präparierte Nuss aus.

Einmal wettete er, dass die nächsten fünf Autos, die vorbeifahren würden, alle ein Wiener Kennzeichen hätten. Er sorgte natürlich dafür, dass nichts schiefging und hatte fünf Freunde mit ihren Autos am Ende der Straße postiert, die auf ein heimliches Signal hin losfuhren.

Beim Pokern lernte er schnell, dass er nervenstärker war als die anderen. Beim No Limit Texas Hold'em gewann er in manchen Nächten in Hinterzimmern jugoslawischer Grillrestaurants Zehntausende Schilling. Er war leise und höflich, siezte jeden, und ehe man sich's versah, räumte er die Kohle ab. Seine Strategie, die er *Semi-Bluffen* nannte, machte ihn schwer berechenbar: Er bluffte nur mit Karten, die zumindest das Potenzial auf eine starke Hand ergaben. Die breitbeinig dasitzenden Machos, gegen die er spielte, ließen sich von ihrem Ego immer wieder verleiten, auch bei aussichtslosen Händen mitzugehen.

»Den Jugoslawen ging es darum, das Gesicht nicht zu verlieren«, erklärte Kerschbaumer seinen faszinierten Zuhörern. »Falko ging es darum, im Spiel nicht zu verlieren.«

Seine Tricks, um beim Pokern den Gegner zu durchschauen, folgten nicht den üblichen Indizien wie Augenbewegungen, Atmung, Wangenrötung oder der Art, die Karten zu sortieren. Er fand etwas anderes heraus: Fast alle Spieler blähten ihre Nasenflügel ein klein wenig auf, wenn sie ein hervorragendes Blatt erblickten.

Den ersten Porsche hatte er sich auf diese Weise bereits mit zarten neunzehn erspielt. Vier Tage später verlor er ihn. Um dann zwei Wochen darauf mit einem Jaguar E-Typ, Baujahr 1969, vorzufahren. Klagenfurt wurde schnell zu klein für ihn, er siedelte nach Wien über und lebte zunächst in den teuren Hotels der Stadt, dem Sacher und dem Palais Coburg. Das machte die Leute neugierig. Sie wollten ihn kennenlernen, es war ihnen eine Ehre, mit diesem außergewöhnlichen Glücksspieler zu zocken.

Kerschbaumer zeigte Hilde und Feiersinger ein paar Fotos von Falko, die er noch von seinem letzten Fall auf dem Handy hatte. Falko hatte eine große, markante Nase. Das eine Auge war etwas größer als das andere, sodass man meinen konnte, er würde immer scherzhaft zu etwas blinzeln. Er war kein schöner Mann, aber die Frauen mochten ihn sehr.

»Aus Falkos Leben müsste man einen Hollywoodfilm drehen«, staunte Revierinspektor Feiersinger, der endlich wieder im Hier und Jetzt angelangt war.

»Aber Hollywood mag nur Filme mit Happy End«, bemerkte Hilde. »Und eine Kugel im Herzen ist wohl das genaue Gegenteil davon.«

Ihr Kollege prustete. Auch Kerschbaumer konnte sich ein Grinsen nicht verkneifen.

Dann erzählte er weiter, von Falkos erster Golfpartie.

Mit zwanzig hatte ihn ein Pokerkumpel mit auf einen Golfplatz genommen. Er war neugierig, griff zu einem Driver und schlug den ersten Ball auf Anhieb über zweihundert Meter weit. Damit war es um Falko geschehen. Gleich bot er seinem Kumpel eine Wette an, dass er es erneut schaffen würde. Der Kumpel hielt um tausend Schilling dagegen, doch Falko traf keinen Ball mehr. Am Ende des Tages musste er seinem Kumpel fünfzehntausend Schilling überlassen. Aber sein Ehrgeiz war geweckt.

Jeden Tag stand er nun acht Stunden auf dem Golfplatz, trainierte wie verrückt. Er übte den Schwung wie einst das Kartenspielen stunden-, tage-, wochenlang, vor allem Putts und Chips. Zwei Jahre später spielte er bereits unter Par; seine fantastischen Hände machten ihn zu einem großartigen Spieler. Und bald gewann Falko auf dem Golfplatz ebenso viel wie am Pokertisch. Sein beliebtester Trick ging so: Er fuhr zu einem Club und forderte den dortigen Pro zu einem Wettspiel heraus. Mittlerweile hatte der Euro den guten alten Schilling abgelöst, und Falko spielte um zehn Euro pro Loch. Der Pro gewann locker, denn Falko spielte absichtlich schlecht. Am Ende der Runde bat er um eine Revanche am nächsten Tag, aber diesmal um eine ordentliche Summe – er wettete um hundert oder gar tausend Euro pro Loch. Der Pro willigte ein, glaubte an leicht verdientes Geld und gab dem armen Hacker sogar noch die Schläge vor. Oft kam es zu Nebenwetten mit den Clubmitgliedern, die von dem seltsamen Fremden mit dem vielen Geld und dem gewaltigen Slice gehört hatten. Am nächsten Tag spielte Falko sein bestes Golf – beziehungsweise gerade so gut, um *all square* zur 18 zu kommen, wo er noch einmal eine Verdopplung des Einsatzes anbot. Dann fuhr er mit einem dicker gewordenen Geldbündel in der Tasche zum nächsten Club.

»Er hat also sehr vielen Menschen sehr viel Geld abgenommen«, fasste Hilde gewohnt pragmatisch zusammen. »Ob das ein Mordmotiv sein könnte?«

»Nun ja, die Geschichte nahm ein paar ungute Wendungen«, sagte Kerschbaumer.

Österreich wurde für Falko Bruchbichler allmählich zu klein, und auch in Bayern, Tschechien und Ungarn kannte man ihn bald. Er musste immer gewagtere Wetten zu immer ungünstigeren Quoten eingehen, denn die Menschen wurden vorsichtig.

»Und dann kam Natalina.«

»Natalina?«, horchte Hilde auf.

Natalina war eine Schönheit aus Kroatien. Ein Kinderstar im Staatsfernsehen. Nach der Pubertät schafft sie es zwar nicht wie erhofft nach ganz oben bis zur Moderation der allseits beliebten Quizshow *Tko želi biti miljunaš?*, doch dafür war sie in der Wiener High Society aufgestiegen. Die beiden wurden ein Paar. Sie organisierte seine Poker- und Golfpartien, die Gegner wurden immer zwielichtiger.

Und: Natalina war teuer. *High maintenance,* wie bei einem seltenen Sportwagen. Sie wollte nur das Beste vom Besten. Champagner statt Prosecco, Kaviar statt Schnitzel, Fünf Sterne statt Ferienapartment, Burgunder statt Zweigelt. Eine Weile ging das durchaus gut. *Wer einmal Porsche fährt, setzt sich nicht mehr in einen Hyundai,* hatte Falko immer gescherzt. Er verschuldete sich, verlor ein paar wichtige Partien und nahm Kredite auf, die er nicht mehr zurückzahlen konnte.

»Und dann kam er zu mir«, sinnierte Kerschbaumer. »Er erinnerte sich an mich.«

»Er hatte Schulden und suchte Hilfe?«, fragte Feiersinger. Halleluja! Mit Zahlen konnte man ihn aus jeder amourösen Lethargie für eine Weile herausholen.

»Genau. Er kam zu uns aufs Revier und bot uns seine Hilfe an, denn er steckte bei zwei bosnischen Brüdern übel in der Klemme. Zweihunderttausend Euro und ein bisschen Wechselgeld. Und die verstanden da überhaupt keinen Spaß. Aber er wusste etwas über sie: Sie handelten im großen Stil mit Kokain. Falko half uns, sie hochzunehmen. Natürlich unter der Prämisse, dabei vollständig anonym zu bleiben. Er wollte sie im Knast haben, damit sie seine Schulden nicht eintreiben konnten.«

»Ein guter Deal für die Polizei«, kommentierte Hilde.

»Und deswegen dauerte es mit den Akten über ihn auch so lange«, kapierte Feiersinger.

»Genau. Er war nicht in irgendeinem Zeugenschutzprogramm, aber unsere Wiener Spezialisten hielten es dennoch für besser, so wenig wie möglich über ihn zugänglich zu machen.«

»Und wie ging es für die Brüder weiter?«, fragte Hilde.

»Sie kamen tatsächlich für drei Jahre ins Gefängnis.«

»Wann war das?«, fragten Feiersinger und Hilde zugleich.

»Vor genau drei Jahren«, erwiderte Kerschbaumer, und seinen Zuhörern wurde einiges klar.

SECHSTER URLAUBSTAG
Donnerstag, 7. August

WETTER

Starkregen am Morgen, der für eine zeitweise Überflutung der Dorfstraße und einen Stromausfall im Ortsteil Obertschern sorgt. Danach trocken, aber deutlich kühlere Temperaturen als am Vortag.

BESONDERE VORKOMMNISSE

Zu einer Beinahe-Katastrophe kommt es bei der Delogierung einer Wohnung in Spittal. Ein Mieter (59) hat vor seinem Zwangsauszug die Gasleitung manipuliert und verschwindet. Gut, dass der Schlosser, der den Gerichtsvollzieher und die Hausverwalterin begleitet, nicht zur Flex greift, um die Tür zu öffnen, sondern zu einem Stemmeisen. »Es zischte, und ich dachte, der Mann würde duschen«, so der Schlosser. Alle Beteiligten können sich vor dem austretenden Gas in Sicherheit bringen. Nach dem ehemaligen Mieter wird gefahndet.

8. Die Brüder

Es gab zwar nur trüben Bürokaffee, aber der Geschmack war allen dreien egal. Und Kerschbaumer hatte ja gerade erst den köstlichen Frühstücks-Cappuccino im Hotel genossen. Gebannt betrachteten sie den neuen Monitor, aus dem ihnen zwei Gesichter wenig freundlich entgegenblickten. Da Trevisol bei einem Zahnarzttermin war, hatten Hilde und Feiersinger den Wiener Chefinspektor ins Revier einladen können. Überhaupt glänzte Trevisol nicht gerade als Arbeitsbiene, aber er hatte eben seine eigenen, verbeamteten Vorstellungen von nachhaltiger Ermittlungsarbeit.

»Das sind Kenan und Samir Barbarez«, erklärte Hilde, und Kerschbaumer nickte zustimmend. Er hatte den beiden vor geraumer Zeit schon persönlich in die Augen geschaut. Auf den aktuellen Aufnahmen wirkte ihre Frisur wie selbst geschnitten, ein paar Strähnen klebten auf der niedrigen Stirn. Darunter: eng beieinanderstehende Augen, eine generell ungesunde Hautfarbe und schmale Lippen. Nicht überaus anziehend, aber wer wirkte auf Polizeifotos schon sexy?

»Die sehen aus wie Zwillinge«, stellte Feiersinger fest.

»Sie sind Zwillinge«, wusste Kerschbaumer und zeigte auf die Wange des einen. »Der mit der Narbe ist Kenan. Beides Eliteschüler aus Banja Luka, bei der Zentralmatura des Landes haben sie unter vierzehntausend Schülern die Plätze drei und fünf belegt.«

Feiersinger pfiff durch die Zähne. Er mochte solche Statistiken und blickte die beiden noch intensiver an. Das Reden überließ er nun Kerschbaumer und Hilde.

»Kenan begann ein Medizinstudium in Sarajevo, Samir ging nach Kroatien und studierte Informatik in Zagreb«, fuhr Kerschbaumer fort.

»Und dann?«

»Tja, dann kam das Leben dazwischen. In den Semesterferien trafen sie sich und heckten Dinge aus. Distribution von Drogen aus dem Darknet zum Beispiel. Medizin und Informatik – eine gute Kombination für solche Sachen. Ach ja, sie sind auch ziemlich sprachbegabt. Und sehr gewalttätig. Samir soll schon mit siebzehn einen Mitschüler in den Rollstuhl geprügelt haben. Irgendwie kam er aber aus der Nummer raus.«

»Einflussreiche Eltern?«, vermutete Hilde.

»Nein, einfache Landwirte. Aber Samir hatte schon früh die richtigen Freunde. Wir vermuten, dass er und sein Bruder bereits mit vierzehn, fünfzehn im Drogenmilieu agiert haben, als Kuriere. Ohne das Zeug selbst zu nehmen.«

»Schlau sind sie ja«, kommentierte die Inspektorin.

»Definitiv«, stimmte Kerschbaumer zu. »Nachdem sie ihr Studium abgebrochen hatten, siedelten sie nach Wien über. Wir hatten sie schon länger im Auge, weil sie unter dem Verdacht standen, Waffen aus den Beständen der Sowjetarmee und der jugoslawischen Streitkräfte in den Westen zu schmuggeln. Aber wir konnten ihnen nie auch nur das Geringste nachweisen.«

»Bis Falko kam ...«

»Genau. Kokain war eher ein Pfenniggeschäft für die beiden. Waffenschmuggel war da viel lukrativer.«

»Und über das Kokain habt ihr sie bekommen?«

»So wie Al Capone ja auch nur wegen der Steuern ins Gefängnis wanderte und nicht wegen der Morde, die er in Auftrag gegeben hatte.«

»Also, Falko hatte bei ihnen nicht nur zweihunderttausend Euro Schulden, er hat sie auch verpfiffen.«

»Korrekt. Wobei wir nicht mit Sicherheit sagen können, ob sie das wissen.«

»Also, ich wäre stinkwütend, wenn ich es wüsste.«

»Wer nicht?«

»Und wo sind die Brüder jetzt, sagt das Netz uns darüber was?«, schaltete sich Feiersinger ein.

»Das wird nicht so leicht sein«, sagte Kerschbaumer. »Datenschutz, gesetzliche Privacy-Regularien und …«

Hilde Hofgärtner blickte vom Computer auf. »Sie sind hier. Sie haben letzte Woche im Pulracher eingecheckt.«

Kerschbaumer liebte die Privacy-Regularien in kleinen Ortschaften, in denen noch brav die Kurtaxe der handschriftlich gemeldeten Gäste bezahlt und täglich der Verwaltung und den Ordnungskräften übermittelt wurde. Ein Anruf im Gemeindeamt hatte alles geräuschlos geklärt.

9. Winzige Kraftpakete

Es war Kerschbaumer, der im Hotel angerufen hatte. Die Rezeptionistin hatte ihn mit den Brüdern verbunden, die einem Treffen zustimmten. Wenn auch nicht gerade jubilierend. Und deswegen saß Kerschbaumer mit Hilde und Feiersinger nun in der Bar des Pulracher. Marianne Pulracher ließ sich nicht in ihrem Hotel blicken, und das war vielleicht auch besser so. Sie war immer noch nicht allzu gut auf die Polizei zu sprechen. Der Name ihres Hotels war seit der Sache mit dem ermordeten Hausmädchen im Winter etwas zu oft in der Presse aufgetaucht. Und dass Kerschbaumer damals auch noch ihr Angebot ausgeschlagen hatte, künftig für sie zu arbeiten, war natürlich eine Insubordination, welche die Dorfkönigin nur schwer verzeihen konnte.

Und wenn sie tatsächlich nicht mehr mit dem bedauernswerten Feiersinger zusammen war, dann war es nur gut, dem armen Zahlenfetischisten eine Begegnung zu ersparen. Marianne Pulracher würde – so hoffte Kerschbaumer – in diesem Fall keine Rolle mehr spielen. Obwohl: Ihre Aura hing noch immer in der Bar des Hotels, dieser typisch duftende Umhang aus Lavendel, Eukalyptus und Menthol sowie ein paar anderen Kräutern, die Kerschbaumer nicht identifizieren konnte. Man wusste nicht: Stieg der Geruch aus dem Spa empor, oder war die topgepflegte, Yoga-gestählte Hotelchefin noch vor Kurzem hier entlanggeschritten und hatte ihre Markierungen hinterlassen?

Während Kerschbaumer noch über die Dame des Hauses sinnierte, erkannte er im Augenwinkel die bosnischen Brüder. Einer sah wie der andere aus; auch ihr langsamer, schwerer Gang mit den abstehenden Armen war gleich. Hilde und Feiersinger bekamen große Augen. Auf den ersten Blick wirkten die beiden wie eine optische Täuschung: Sie kamen näher, ohne dabei größer zu werden. Denn die Zwillinge waren extrem klein. Nicht liliputanerhaft klein, aber doch klein genug, dass es auffiel.

Dennoch waren Kenan und Samir stattlich gebaut. Winzige Kraftpakete, denen ihre mangelnde Größe überhaupt nichts auszumachen schien. Sie ließen sich selbstbewusst in die Barsessel fallen, und der Kellner, der sofort angetanzt kam und nervös um sie herumscharwenzelte, ließ Kerschbaumer erkennen, dass sie sich schon Respekt verschafft hatten, entweder mit Geld oder mit schlechter Laune.

Es gab keinerlei Begrüßung. Die Bosnier blickten die drei Ermittler kühl an, Kerschbaumer blickte ebenso kühl zurück.

»Schön, dich wiederzusehen«, sagte Samir endlich. Das Duzen störte Kerschbaumer nicht, im Gegenteil: In diesen Kreisen konnte das auch eine Art Respektsbekundung sein, also ließ er es durchgehen.

»Wie habt ihr die letzten drei Jahre verbracht?«, fragte Kerschbaumer unschuldig.

Die Narbe stand empört auf, aber Samir hielt seinen Bruder zurück und lächelte. »Man nutzt die Zeit, so gut man kann.« Sein Deutsch war nahezu makellos, mit einem kleinen, kaum wahrnehmbaren Akzent, der schwer zu verorten war. Die Narbe war im Verlauf des Gesprächs nur für die Drohgebärden zuständig, die Konversation betrieb der Unvernarbte.

»Ihr habt eure Informatikkenntnisse vertieft und ein paar Börsengurus gelesen. *Reich werden mit Short Put Optionen* und so«, wusste Kerschbaumer.

»Ah, du hast die Liste unserer Bücher aus der Knastbibliothek?«

»Ihr wisst doch, dass eure Ausleihen überprüft werden. Wie bei allen Einsitzenden.«

»Nirgends hat man seine Ruhe.«

»Immer sehr interessant, was die Leute so lesen«, sinnierte Kerschbaumer. »Einmal war sogar *Der Spieler* dabei. Dostojewski.«

Samir winkte ab: »Kannste vergessen. Da lernt man nur, wie man es nicht machen sollte.«

Kerschbaumer ging nicht darauf ein. »Es ist kein Verhör, ihr seid nicht als Zeugen geladen und auch nicht als Verdächtige.«

»Ja, und du bist ja nicht einmal der ermittelnde Inspektor, habe ich recht?«

Kerschbaumer nickte. »Meine beiden Kollegen aber schon.«

»Wir könnten jetzt also einfach aufstehen und euch hier dumm sitzen lassen.«

»Ja, natürlich. Dann wären die Kollegen und ich allerdings gezwungen, etwas genauer hinzuschauen, wie ihr die vierhundert Euro pro Nacht bezahlt, die dieses Hotel kostet. Nein, ihr habt ja zwei Juniorsuiten, das macht also zwei Mal sechshundertfünfzig Euro pro Nacht. Ich nehme an, ihr zahlt in bar, oder? Nach guter Sitte, schon klar. Da könnte man natürlich überprüfen, woher die Scheine kommen, vielleicht sind sie ja irgendwo registriert, und irgendein gelangweilter Büroheld könnte sich daran verbeißen. Abgabenverwaltungsorganisationsgesetz und so.«

Samir verdrehte die Augen. »Ja, ja, schon gut. Also, was willst du?«

»Was wollt ihr? Hier in Bad Kleinkirchheim?«, gab Kerschbaumer zurück.

Die Zwillinge blickten einander an und kicherten. »Urlaub.«

»Soso«, kommentierte Kerschbaumer ungerührt.

»Ja, wirklich.«

»Ihr seid rein zufällig hier in diesem kleinen Ort, ausgerechnet zum Zeitpunkt des Mordes an eurem Geschäftspartner Falko Bruchbichler?«

Beim Wort *Geschäftspartner* blickte Kerschbaumer Kenan genau an. Die Narbe zuckte.

»Ja, wir hätten gern mit ihm gesprochen.«

»Aha.«

»Ja, auf die alten Zeiten, verstehst du?«

Kerschbaumer lächelte. »Natürlich. Ein Plausch unter Freunden. Was ist schon dabei?«

»Ja, weißt du, Falko Bruchbichler schuldet uns eine Menge Geld.«

»Na ja, rechtlich schuldet er euch gar nichts.«

Kenan verzog erneut das Gesicht. Die Narbe schien ein wenig röter zu werden.

Der Kellner, ein Bursche mit schütterem Haar, obwohl höchstens zwanzig, trat just in diesem Moment an den Tisch. Er geriet über Feiersingers staksig ausgestreckte Beine ins Stolpern und verschüttete den Aperol Spritz, den sich die Brüder hatten kommen lassen. Die Gläser blieben zwar wankend auf dem Tablett stehen, aber Samirs helle Leinenhose bekam einen mächtigen Fleck ab. Samir sprang auf und schrie dem armen Kellner ins Gesicht, dass der nicht wusste, wie ihm geschah. Kerschbaumer erhob sich und stellte sich schlichtend dazwischen. Schließlich beruhigte sich die Szene, und der eingeschüchterte Junge verabschiedete sich mit hastigen kleinen Verbeugungen rückwärts von dem Ort seines Missgeschicks. Wahrscheinlich überlegte er in diesem Moment, ob eine Karriere in der Gastronomie wirklich das Richtige für ihn war. Das Ersatzgetränk brachte schließlich ein anderer Kellner, der sich wortreich und sogar auf Bosnisch entschuldigte.

»Jungs, belegt mal einen Yogakurs«, sagte Kerschbaumer, als der linguistisch talentierte Kellner verschwunden war. »Das macht euch ausgeglichener. Sonst landet ihr ganz schnell wieder dort, wo ihr die letzten drei Jahre verbracht habt.« Er musste aufpassen, denn die Bosnier wussten ja nicht, dass Falko ihnen nicht nur Geld schuldete, sondern sie auch verraten hatte. Er durfte dieses Geheimnis nicht preisgeben, doch er musste gleichzeitig herausfinden, ob sie etwas ahnten oder es gar wussten. Das würde sie zu den Hauptverdächtigen machen.

»Wer hat Falko getötet?«, fragte Samir plötzlich.

»Ihr wisst es also nicht?«

»Nein, wir wissen gar nichts. Aber wir würden es gern wissen.«

»Habt ihr Falko getroffen, seit ihr hier in Bad Kleinkirchheim seid?«

Beide schüttelten den Kopf. »Leider nicht.«

»Was soll das heißen?«

»Nun ja, in den letzten Jahren haben wir mit dem Ausstanzen von Nummernschildern nicht so viel verdient, sechs Euro achtzig am Tag. Und daher wollten wir gern an unser Geld kommen.«

»Bloß ist euer Schuldner jetzt tot«, stellte Kerschbaumer fest.

»Umso wichtiger, dass wir verstehen, wer ihn getötet hat«, sagte Samir.

»Ihr habt hier gar nichts zu verstehen. Darum kümmern wir uns. Lasst euch nicht bei irgendwelchen Privatermittlungen erwischen, sonst geht es aber so was von rund hier.«

»Du meinst, du darfst privat ermitteln, aber wir nicht?«

»Schön, dass wir uns verstanden haben.«

Kerschbaumer gab Hilde und Feiersinger das Signal zum Aufbruch. »Denkt dran, Yoga. Tut euch gut.«

***

»Woher hat er eigentlich die Narbe?«, fragte Feiersinger auf dem Hotelparkplatz.

»Es gibt da Gerüchte«, erwiderte Kerschbaumer. »Ihr erinnert euch an den Mitschüler, den Samir in den Rollstuhl prügelte?«

Hilde und Feiersinger nickten.

»Ein paar Wochen später wurde Kenan offenbar von Freunden oder Verwandten des Opfers attackiert. Vielleicht verwechselten sie ihn mit seinem Bruder, vielleicht hatten sie ihn bewusst ausgewählt. Jedenfalls griffen sie ihn zu dritt an, mit Messern und Knüppeln. Einer der Angreifer verstarb, ein zweiter verlor ein Auge, ein dritter flog auf eine nahe gelegene Straße, wo er von einem Auto gerammt wurde. Leistungssportler wird er in diesem Leben wohl nicht mehr. Das Einzige, was Kenan von diesem Zwischenfall davontrug, war eben diese Narbe.«

Gerade als sie ins Auto steigen wollten, kam eine Gestalt schimpfend auf sie zu und fuchtelte mit beiden Armen in der Luft. Es war Trevisol, der sich so sehr aufregte, dass er in völlig unverständliches Kärntnerisch verfiel.

Kerschbaumer beschwichtigte ihn. »Ich habe nur alte Freunde getroffen, ich dachte, sie könnten Ihnen bei Ihren Ermittlungen von Nutzen sein und vielleicht sogar einiges an Arbeit abnehmen.«

Chefinspektor Trevisol blickte aus schmalen Schlitzen von Kerschbaumer zu seinen Ermittlern Hilde Hofgärtner und Volker Feiersinger. »Ich will alles hören!« Er drehte sich zu seinem Wiener Kollegen um. »Aber nicht von Ihnen. Ich wünsche Ihnen noch einen schönen Urlaubstag. Heute, morgen und bis der Fall geklärt ist.«

10. Der Heimatmaler

Es war nichts zu machen, Trevisol hatte ja recht. Kerschbaumer hatte nun einmal Urlaub. Also ging er seine Lieblingsstrecke ab, den Talweg vom Kirchheimerhof hinab zu einer kleinen Bank direkt am Twengbach, wo er kurz innehielt und sich um ein paar tiefere Gedanken bemühte, bevor er zur Kaiserburg weiterspazieren würde.

Also, was war hier los? Ein landesweit bekannter Spieler, der sich über die Jahre eine Menge Feinde gemacht hatte, war erschossen worden. Ja, Zocker waren selten ausgeglichene Grünteetrinker, aber ein Mord schien Kerschbaumer dann doch als eine allzu harsche Reaktion auf ein schlechtes Blatt, oder etwa nicht? Die beiden Bosnier musste man hingegen im Auge behalten, möglicherweise wussten sie, dass Falko sie verpfiffen hatte. Und da war noch die Sache mit dem Casino, das Falko leiten sollte und so manchem Einheimischen ein Dorn im Auge war. Vor allem diese Franziska Furter war Kerschbaumer nicht geheuer. Er hatte in Wien genügend Leute erlebt, die für ihre Ideale bis zum Äußersten gingen. Doch so rechte glaubte er noch nicht, zum Kern des Falls vorgedrungen zu sein.

»Eine schöne Stelle, um nachzudenken.« Eine hohe Stimme riss Kerschbaumer aus den Gedanken, und ein hagerer Mann kam auf ihn zu. Er war fast so groß wie er, sehr bärtig und deutlich älter. Mit sicheren Schritten ging er über die glitschigen Steine, die auf dem Weg zur tiefer liegenden Bank lagen, ein heikler Balanceakt, der Kerschbaumer ein paar Minuten zuvor beinahe ein paar Vorderzähne gekostet hätte.

Ungeniert setzte sich der Mann neben ihn. Kerschbaumer als Großstädter war enge Begegnungen gewohnt. Doch hier fühlte es sich eher ungewöhnlich an.

»Ich sitze auch oft hier«, sagte der Mann, der sich als Godehard Wunderbar vorstellte. »Ein sehr inspirierender Ort für meine Arbeit.«

Denn Godehard Wunderbar war Heimatmaler. Ungefragt zückte er sein Notizbuch und zeigte dem Wiener Ermittler ein paar Skizzen. Sein Atem roch dezent nach Alkohol, aber als Künstler musste das wohl so sein, nahm Kerschbaumer an.

Der Wiener Chefinspektor verstand nicht viel von Kunst, und im Gegensatz zu allen anderen, die auch nicht viel von Kunst verstanden, tat er auch nicht so als ob. Bloß aus Höflichkeit nickte er. Die Bäume, alle mit Bleistift gezeichnet, sahen annähernd wie Bäume aus, die Hütten wie Hütten, aber den tieferen Sinn dahinter verstand Kerschbaumer nicht.

»Sagen Sie, Sie kommen nicht aus Bad Kleinkirchheim, oder?«, fragte Kerschbaumer aus einer Intuition heraus.

Godehard Wunderbar lachte. »Das erraten Sie nie.«

Doch der Heimatmaler unterschätzte offensichtlich Kerschbaumers Elternhaus, schließlich war seine Mutter Hamburgerin gewesen. Und irgendetwas an dem beinahe perfekten Kärntner Akzent erinnerte ihn an seine Heimat – das weich gesprochene F, der Wegfall des N, das als O gesprochene A, all das, was Sprachforscher *Nasal-Spiranten-Gesetz* oder *Assibilierung des Plosivs* oder auch *Palatalisierung* nannten.

»Schleswig-Holstein?«, tippte Kerschbaumer kühn.

Und der Heimatmaler guckte dumm aus der Wäsche. Dann musste er lachen. »Flensburg«, gluckste er. »Sie sind der Erste, der das erraten hat.«

Ein Flensburger, der hier in den Alpen seine Bestimmung gefunden hatte. War das zu glauben?

»Ich bin nicht hier geboren, ich bin nicht hier aufgewachsen. Ich bin viel gereist, aber irgendwann ist die Zeit, sich niederzulassen. Ein Baum hat ja auch seine Wurzeln. Und irgendwann muss es so sein, dass man, nun ja, gewissermaßen mit dem Boden verwächst.«

»Verstehe«, sagte Kerschbaumer, der nichts verstand.

»Und ich glaube, die Leute hier könnten ein wenig Hilfe gebrauchen«, fuhr der Alte fort.

»In welcher Hinsicht?«, fragte Kerschbaumer interessiert.

»Na, indem sie ihre eigene Heimat wertschätzen lernen und nicht zum Ausverkauf freigeben.«

»Und das wollen Sie auf welche Art erreichen?«

Godehard Wunderbar ruderte mit den Armen, was wohl eine Art umfassende Geste darstellen sollte. »Das Bewusstsein für die Schönheit der Umwelt schärfen, die Menschen wieder näher an die Natur bringen, raus an die frische Luft, um eins zu werden mit den Zyklen der Jahreszeiten …«

So redete er noch eine Weile weiter, und das war alles doch etwas dicke. Und es erinnerte Kerschbaumer an seine Ex-Frau. Er verabschiedete sich hastig und sah zu, dass er loskam.

***

Kurz bevor Kerschbaumer wieder das Hotel betrat, klingelte sein Handy. Der Anruf kam von einer unterdrückten Rufnummer.

»Hallo?«, fragte er.

»Samir hier.«

»Woher hast du meine Nummer?«, fragte Kerschbaumer.

»Du bist nicht der einzige schlaue Mensch, der in Bad Kleinkirchheim auf Kur ist.«

»Das habe ich nie behauptet.«

Samir lachte. »Jedenfalls wollte ich dir sagen, dass auch Natalina in Bad Kleinkirchheim ist.«

Falkos Ex-Verlobte? Das waren allerdings überraschende Neuigkeiten.

»Warum sagst du mir das?«, hakte Kerschbaumer nach, auf weitere Informationen hoffend.

»Ist es etwa nicht wichtig?«

»In welchem Hotel ist sie abgestiegen?«

Wieder lachte Samir. »Na, ein bisschen was müsst ihr klugen Polizisten schon selbst herausfinden. Bis bald dann.«

11. Die schöne Chefin

Vorm Abendessen wollte Kerschbaumer Hilde Hofgärtner anrufen, doch dann beschloss er, ihr lieber eine unverbindlichere SMS zu schreiben. Er berichtete von Natalinas Auftauchen – und bat darum, ihr Hotel zu ermitteln.

Dann ging er zu Fuß in die Einkehr, um sich ein Pfeffersteak mit Rahmsoße zu gönnen. Der Weg führte hinab, vorbei an etwas lieblos hochgezogenen Ferienwohnungen und an einem offenbar nicht mehr genutzten Minigolfplatz, auf dem die Spielbahnen verrotteten. Kerschbaumer betrachtete die Instandsetzungsarbeiten auf der Skipiste, die klassische sommerliche Rundumerneuerung. An der Anfängerpiste wurde ein neuer Lift gebaut, eine Art Förderband, das die Kleinsten gefahrloser und störungsfreier nach oben transportierte als der gefürchtete Ankerlift, der seit seiner Einführung Zehntausende Sportmuffel fürs Leben traumatisiert hatte.

Entgegen seiner Gewohnheit nahm der Wiener Chefinspektor dieses Mal draußen Platz, denn in den Feuerschüsseln brannten die Holzscheite allzu malerisch. Auf einem großen Monitor, der normalerweise Fußballspiele zeigte, lief die Aufzeichnung der Wallonien-Radrundfahrt, und angesichts der durchtrainierten Körper beschlich Kerschbaumer das schlechte Gewissen. Wäre es nicht besser gewesen, kein Weizenbier zu bestellen?

Nach den ersten Schlucken waren die Gewissensbisse jedoch schnell vergessen. Ah, und dann kam das Pfeffersteak. Ganz bestimmt, morgen würde er zu Werner ins Ruckizucki Fit gehen und ordentlich Gewichte stemmen.

Gerade als Kerschbaumer den ersten dicken Bissen im Mund hatte, verschluckte er sich fast, denn vor ihm stand ein Filmstar. Eine Diva. Er hätte den Duft von ihr schon längst wahrgenommen, hätte die Rahmsoße nicht seine Nase in Beschlag genommen.

Marianne Pulracher, Chefin des gleichnamigen Luxushotels, trug ein elegantes Karriereensemble, dessen Schnitt zu beschreiben er nicht in der Lage war. Sie setzte sich ohne große Worte zu ihm. Nein, sie setzte sich nicht einfach, sondern glitt in einer graziösen Bewegung heran, platzierte ihren Po auf dem Stuhl und verräumte die langen Beine unter dem Tisch.

»Hallo, Herr Chefinspektor«, raunte sie zur Begrüßung.

Es war ein dummer Moment: Kerschbaumer hob den Zeigefinger und kaute lange auf dem Fleisch herum, bis er es endlich runterschlucken konnte.

»Entschuldigen Sie. Guten Abend, Frau Pulracher. Was machen Sie denn hier?«

»Haben wir uns im Winter nicht geduzt?«, flötete sie.

Stimmt. So ein Mist.

»Guten Abend, Marianne«, versuchte Kerschbaumer über die kleine Peinlichkeit hinwegzugehen.

»Vielleicht habe ich dich gesucht?«

Sie log so köstlich, wie sie duftete. Wie üblich war sie frisiert, geschminkt und angezogen wie für ein Cover-Shooting.

»Du scheinst Ärger anzuziehen. Zwei Morde, und zwei Mal just dann, wenn du hier Urlaub machst.«

»Darüber habe ich tatsächlich auch schon nachgedacht.«

»Vielleicht solltest du das Hotel wechseln? Komm doch beim nächsten Mal zu uns.«

»Ich werde es mir überlegen.«

»Hast du auch noch einmal über mein Angebot vom letzten Mal nachgedacht?«

Die Pulracher hatte ihm während seines turbulenten Winterurlaubs eine Beraterstelle für ein neues Immobilienprojekt angeboten. Kerschbaumer hatte damals dankend abgelehnt und tat es auch jetzt.

»Wie schade.«

»Was machst du eigentlich hier? Müsstest du nicht in deinem Hotel sein, mitten in der Hochsaison?«

»Mit manchen Menschen trifft man sich besser andernorts«, antwortete sie vielsagend. Sie stand auf geheimnisvolles Herumgezwitschere.

»Mit wem triffst du dich denn?« Kerschbaumer bemühte sich um einen beiläufigen Ton.

»Mit Bruchbichlers Nachfolger.«

»Den gibt es schon?«

»Die Arbeiten müssen ja weitergehen. Man muss auch ans Geschäft denken. Bei aller Tragik …«, schob sie vorsichtshalber hinterher.

Kerschbaumer machte sich eine Notiz im Kurzzeitgedächtnis.

»Hattest du dich auch mit Falko Bruchbichler getroffen?«

Marianne Pulracher hob in gespielter Verzweiflung die Hände. »Du bist doch nicht schon wieder am Ermitteln, oder?«

»Hast du?«

»Nein, leider nicht. Er war schon tot, bevor wir uns verabreden konnten.«

»Was hast du denn mit dem Casino zu schaffen?«

»Ich weiß halt gern, was in meinem Ort los ist. Das bin ich meinen Gästen schuldig.«

Dann hatte Kerschbaumer eine Eingebung. »Kannst du mir vielleicht einen kleinen Gefallen tun?«

Die Pulracher beugte sich nach vorn, ihr ganzer Körper, ihre Stimme und ihr Ausdruck verwandelten sich in das Adjektiv *lasziv*.

»Aber gern«, hauchte sie.

Kerschbaumer lehnte sich vorsichtshalber etwas zurück, um so nonchalant wie möglich zu tun. »Wohnt eventuell eine Natalina Nadalić-Filipović bei dir?«

»Wieso sollte sie das?«

»Weil sie offenbar in Bad Kleinkirchheim ist.«

»Hier gibt es mehr als sechzig Hotels.«

»Sie steht, nun ja, auf Luxus.«

Der Pulracher gefiel das. Sie holte ihr Handy hervor und ließ sich den Namen buchstabieren, was Kerschbaumer nur mit etwas Mühe hinbekam. Das Handy war mit einer glitzernden Hülle aus Swarovski-Kristallen umgeben. Ja, es stimmte, Frau Nadalić-Filipović hatte bei ihr eingecheckt.

Dann verabschiedete sich die Pulracher mit einem Zwinkern und einem Lächeln, für das ein Heiliger von seinem Glauben abgefallen wäre, und begab sich an ihren Tisch.

Kerschbaumer war zwar neugierig, wer denn nun Falkos Nachfolger war, aber es erschien ihm unprofessionell, wie ein Paparazzo im Restaurant abzuhängen. Also verabschiedete er sich nach dem Essen zügig und sorgte dafür, dass die Pulracher es mitbekam. *Ermittlungssouveränität* nannte er das. Diesen ominösen Nachfolger würde er schon noch kennenlernen.

***

Im Hotel saß Kerschbaumer grübelnd auf seinem Zimmer. Es wurde so langsam richtig gemütlich in Bad Kleinkirchheim, die halbe Wiener Unterwelt schien plötzlich ihren Urlaub hier zu verbringen.

Natalina war bereits seit vier Tagen da – sie war einen Tag vor dem Mord an ihrem Ex-Verlobten eingetroffen. Und es war nachzuvollziehen, dass die Bosnier hier waren, denn die waren auf der Jagd nach ihrem Geld. Aber Natalinas Aufenthalt war ein Rätsel. Kerschbaumer musste sie so schnell wie möglich sprechen.

Dann erinnerte er sich daran, dass er mit den Ermittlungen ja eigentlich nichts zu tun hatte. Obwohl – ein alter Weggefährte war ermordet worden. Einer, der ihm oft genug geholfen und der viel riskiert hatte. Und wenn es ganz dumm lief und die Bosnier wussten, dass es Falko gewesen war, der sie verraten hatte, dann mussten sich Kerschbaumer und seine Kollegen durchaus mitschuldig fühlen an seinem plötzlichen Ableben.

Was also tun?

Als Erstes entkorkte er eine Miniflasche Zweigelt aus der Minibar.

SIEBTER URLAUBSTAG

Freitag, 8. August

WETTER 

Saukalt für den August!

BESONDERE VORKOMMNISSE

Es ereignen sich gleich zwei Mountainbike-Unfälle auf dem Flow Country Trail in Bad Kleinkirchheim. Um 14 Uhr stürzt in der Section 4/10 ein 45-jähriger polnischer Urlaubsgast aufgrund eines Fahrfehlers. Nach ärztlicher Erstversorgung wird er schwer verletzt mittels Seilwinde geborgen und vom RK 1 ins Krankenhaus geflogen. Um 14:45 Uhr stürzt in der Section 3/16 eine 44-jährige deutsche Staatsbürgerin. Unbestimmten Grades verletzt, wird sie mit dem RH C11 in das Klinikum eingeliefert. Der Leiter der Unfallchirurgie muss einen Shitstorm aushalten, als er vor einer Journalistin sagt, die Mountainbiker seien »heute gefallen wie die Fliegen«.

12. Ein Morgen mit Gewichten

Das Gesicht, das ihm aus dem Spiegel entgegenblickte, war ziemlich genau das, was ältere Tanten als *proper* bezeichnen würden. Man würde ihm auf einer Familienfeier in die Wange kneifen, ein schreckliches Sahnebonbon hervorholen und ihn zwingen, es zu lutschen und dabei ein genießerisches Gesicht zu machen.

Der elektrische Rasierer und das fingerdicke Auftragen von Nivea-Creme halfen Kerschbaumer dabei, zumindest einigermaßen vorzeigbar auszusehen.

Noch bevor er zum Frühstücksraum gehen konnte, klingelte das Telefon. Selbst im Dienst pflegte er Anrufe nicht vor der ersten Koffeinabsorption anzunehmen, im Urlaub schon gar nicht. Aber es war Kriechnitz, der Spurensicherer aus Klagenfurt. Also antwortete er doch.

»Ja, mein lieber Herr Chefinspektor, wie ich höre, sind Sie gar nicht für den Fall zuständig«, brabbelte der wie immer gut gelaunt ins Telefon. Wie konnte man bloß so früh am Morgen schon so energiegeladen sein?

Kerschbaumer knurrte bejahend.

»Aber ich dachte, ich teile Ihnen einfach aus alter Verbundenheit mal zwei Neuigkeiten mit. Also, die Kollegen von der Spurensicherung in Wien haben uns Bruchbichlers DNA-Spuren aus seiner Wohnung geschickt. Damit konnten wir ihn zweifelsfrei identifizieren. Auch wenn es nur eine Formalität war, da seine Ex-Verlobte seine Identität in der Zwischenzeit auch bestätigt hat, aber heutzutage will man ja tausendprozentige Sicherheit. Sicher hätten Ihnen das Hofgärtner und Feiersinger auch bald gesagt.«

»Gut. Und weiter?«, fragte Kerschbaumer ungeduldig.

»Die Obduktion ergab ein interessantes Detail: Der Schuss traf ihn nicht direkt ins Herz, sondern streifte die Aorta.«

»Er war also nicht sofort tot?«

»Nein, er hat sicher noch eine Minute gelebt, vielleicht sogar zwei Minuten.«

Kerschbaumer fasste sich ans Kinn und erspürte ein paar Stoppeln, die er beim Rasieren übersehen hatte.

»Was bedeutet das?«, fragte er den Spurensicherer.

Kriechnitz zog etwas Luft ein, was im Telefon einen irritierenden Pfeifton verursachte. »Er wurde getroffen und hat keinen Radau gemacht. Angeschossene kämpfen normalerweise um ihr Leben, versuchen zu entkommen, schreien wie toll, richten sich auf. Aber er ist offenbar einfach an Ort und Stelle geblieben und hat auf seinen Tod gewartet.«

***

Wenigstens bei Werner war noch alles beim Alten. Im Ruckizucki Fit in Radenthein stellte sich Kerschbaumer zunächst auf das Laufband. Es war eine würdelose Sache, aber was wollte man machen? In seinem Alter (*Mitte vierzig*, wenn er gefragt wurde, eigentlich eher *fast fünfzig*, wenn er ehrlich gewesen wäre) musste man sich eben aufwärmen. Zehn Minuten schnelles Gehen. Schlimmer ging es eigentlich nicht mehr. Neben ihm marschierte eine Frau zu einem Hörbuch, das *Die Verbindung von*

Zen, Yoga und Homöopathie zu einem höheren Bewusstseinszustand hieß, wie Kerschbaumer auf dem Handy-Display erkennen konnte. Die Frau sah sogar recht attraktiv aus, aber als sie ihm zulächelte, lächelte er vorsichtshalber nur sehr schmallippig zurück. Von diesem Typ Frau hatte er in Wien genug gesehen. Auch seine Ex hatte ein Faible für Selbstoptimierungsratgeber gehabt.

Kerschbaumer mochte es nicht, am Vormittag zu trainieren, aber man hatte ihm gesagt, dass man morgens mehr Kalorien verbrauchte als am Abend. Eben hatte er noch den köstlichen Geschmack von Cappuccino und Spiegelei auf der Zunge, jetzt, auf dem Laufband, kamen andere Aromen, über deren Provenienz er nicht so genau nachdenken wollte. Vorsichtshalber konzentrierte er sich auf die Gewichte.

Werner kam näher. Seine Muskeln zuckten vor Aufregung. Er blickte sich um. Die Frau mit dem höheren Sein hatte ihr Training beendet, die Luft war rein.

»Herr Inspektor, hast du die Sache mit den Pillen wirklich vergessen?«

»Ja, klar.«

Bei seiner letzten Ermittlung im Winter war herausgekommen, dass Werner ein paar äußerst illegale Medikamente an seine ambitioniertesten Sportler verteilt hatte. Doch dafür hatte ihm Werner einen äußerst wertvollen Hinweis gegeben, um den Mord an dem slowenischen Zimmermädchen aufzuklären, sodass Kerschbaumer die Sache für erledigt hielt. Werner zwinkerte auf diese männliche Art, bei der das ganze Gesicht zuckte, und entfernte sich zufrieden.

Nachdem der Chefinspektor sein Langhanteltraining absolviert hatte (Kreuzheben, vorgebeugtes Rudern, Squats,

Schulterdrücken und natürlich – wie könnte je ein Mann darauf verzichten? – Bizepscurls), sank er in der kleinen Lounge erschöpft in einen Sessel und ließ sich von Werner einen Proteinshake bringen. Er blätterte in einer der Tageszeitungen, die dort für die Sportler auslagen. Aufgrund der schwülen Hitze waren die Seiten wellig geworden. Wahrscheinlich hatte sich jeder Trainierende mit ein paar Molekülen Schweiß zwischen der Druckerschwärze verewigt. Zwei Kumpel von Werner kamen vorbei, beide vom Typ kerniger Bergbauer, wobei man bei der derzeitigen Bartmode und dem Hype um Karohemden nie so genau wusste, woran man war, vielleicht arbeiteten sie auch als Computerprogrammierer.

Die *Kleine Zeitung* hatte noch vor dem Mord an Falko einen achtseitigen Sonderteil gebracht: *Chance oder Spielhölle? Alles über das BKK-Casino – was dafür spricht, was dagegen.*

Kerschbaumer blätterte die Zeitung durch. Auf der Seite *Stimmen aus dem Ort* entdeckte er ein Foto des Heimatmalers Godehard Wunderbar. Unter seinem Foto stand ein bemerkenswertes Zitat: »Wir müssen uns mit allen Mitteln gegen diese Schändung durch das Casino wehren. Ein Dorf verliert seine Identität. Ich werde bis zu meinem letzten Atemzug dagegen kämpfen, dass dieses Monstrum das schöne Bad Kleinkirchheim vergewaltigt.«

Kerschbaumer blickte zu Werner, der gerade mit den zwei Bergbauern / Informatikern herumflachste, sodass er den Sonderteil schnell in seiner Sporttasche verschwinden lassen konnte, den Proteindrink hinunterstürzte und das Fitnessstudio eilig verließ.

Noch im Auto rief er auf der Dienststelle in Wien an. Sein bester Kumpel Walter Moreno war am Apparat, der ihn wegen des neuerlichen Mordes aufzog.

»Mach dir keine Sorgen, dieses Mal ist es ganz sicher nicht meine Baustelle.«

»Und das soll ich dir glauben?«, fragte Walter, ein Halbspanier, der wegen seines südländischen Aussehens lange sehr gut im Undercover-Dienst gearbeitet hatte.

Kerschbaumer versicherte es ihm. Aber er hätte dennoch gern gewusst, wer eigentlich der Nachfolger von Falko Bruchbichler als Marketingdirektor des neuen Casinos vorgesehen war. Aus reiner Neugier versteht sich.

»So viel zum Thema: *Nicht meine Baustelle?*«, höhnte Moreno.

»Ach, halt die Goschn!«

So ging es immer zwischen den beiden.

»Jaja, ich suche alles raus. Und nun leg dich wieder hin und mach deine alberne Kur, oder was auch immer.«

13. Beim Heimatmaler

Der Duft war etwas Besonderes. Schon vom Schotterparkplatz vor dem kleinen Haus aus war er zu riechen. Terpentin, Öl, Alkohol – ein eigenartiges, aber irgendwie inspirierendes Bouquet. Träume stiegen in ihm auf: Kerschbaumer wäre als Kind gern Maler geworden, nachdem sich die Sache mit dem Zoowärter und dem Lokomotivführer erledigt hatte und auch die Idee, als Astronaut in fremde Welten aufzubrechen, durch die *Challenger*-Katastrophe einen entscheidenden Dämpfer bekommen hatte. Er hatte nicht das geringste Talent zum Zeichnen, aber der zehnjährige Wendelin hätte es großartig gefunden, in einem farbbefleckten Kittel mit leichter Hand auf der Leinwand etwas zum Entstehen zu bringen, was dann vielleicht tatsächlich wie ein Baum, wie ein Pferd oder wie das Schlachtschiff *Bismarck* aus dem Zweiten Weltkrieg ausgesehen hätte.

Einen farbbefleckten Kittel trug auch Godehard Wunderbar, und er stand ihm sehr gut. In der Hand hielt er eine Tasse Tee. Er winkte den Chefinspektor zu sich. Das Haus war in jener Manier errichtet, die österreichische Architekten *Heimatstil* nannten, also in der – angeblich – typischen Bauweise alpiner Bauernhäuser, mit weit auskragendem Dach, vielen Balkonschnitzereien und ein paar falschen Fachwerkimpressionen.

»Danke, dass Sie sich Zeit für mich nehmen«, begann Kerschbaumer das Gespräch.

»Das ist doch selbstverständlich. Immer hereinspaziert!«

Der Maler bot Kerschbaumer eine Tasse Tee an. Der Chefinspektor nickte, denn Tee würde ja recht gut zu seinen grundsätzlichen Gesundheitsplänen passen.

Während der Maler in der Küche verschwand, sah sich Kerschbaumer in Ruhe um – ja, es schien fast, als ließe sich der Maler absichtlich Zeit, damit sein Gast all seine Werke ausführlich bewundern konnte. Doch so viel gab es nicht zu sehen. Überall standen wie zufällig Staffeleien mit fertigen Bildern, was wie eine kleine Ausstellung aussah und es wohl auch sein sollte. Die Bilder gefielen Kerschbaumer nicht: Sie wirkten eher nach Volkshochschule. Hübsche Häuschen vor Bergpanoramen, dahingetupfte Bäume, dräuende Wolken. Alles mit dickem Pinselstrich geschmiert, irgendwie impressionistisch, aber ohne jegliche Eleganz. Nie irgendwelche Menschen und auch keine Tiere. Kerschbaumer vermutete völlig zu Recht, dass Menschen und Tiere die Fähigkeiten des Künstlers schlichtweg überforderten. Es war eine ziemlich fade Zurschaustellung von vermeintlichem Genie.

Auch jenseits der Bilder sah es bei dem Maler äußerst merkwürdig aus, und Kerschbaumer kam nicht gleich dahinter, was ihn irritierte, doch dann wurde es ihm klar: Außer den Staffeleien und einigen kleinen Beistelltischchen, die von Paletten, Pinseln und Farbtöpfchen in Beschlag genommen waren, gab es keinerlei Möbel, kein Sofa, keinen Sessel, kein Bücherregal. Vielleicht waren die wahren Wohnräume in diesem Schindelbau hinter irgendwelchen Türen verborgen.

Und noch etwas fiel Kerschbaumer auf, als er aus dem großen Fenster talwärts blickte: Man konnte gut die künftige Baustelle des Casinos sehen. Der Bau würde dem Heimatmaler einen guten Teil seines inspirierenden Panoramas rauben.

»Milch? Zucker?«, fragte Godehard Wunderbar, als er wieder aus der Küche aufgetaucht war.

Kerschbaumer verneinte, nahm einen Schluck und verzog das Gesicht.

»Lapsang Souchong Tee«, lächelte der Maler.

Kerschbaumer hustete. Der Tee schmeckte, als hätte man ihn aus verbranntem Stroh extrahiert.

»So etwas habe ich noch nie getrunken«, erklärte der Wiener wahrheitsgemäß.

»Ja, er schmeckt, wie soll ich es sagen, rauchig?«

»Das kann man wohl sagen.« Kerschbaumer nahm einen zweiten Schluck. Der schmeckte schon besser.

»Ich trinke zu viel«, erklärte Godehard Wunderbar freimütig. »Ein altes Künstlerproblem, an dem schon Hemingway und Picasso litten.« Große Vergleiche scheute der Heimatmaler nicht. »Und dieser Tee schmeckt wie Whisky, aber ohne die Kopfschmerzen danach.«

Aha, das war also der Trick.

»Aber was führt Sie zu mir?«

Kerschbaumer bemühte sich, den nächsten Schluck Tee so langsam wie möglich die Kehle hinabrinnen zu lassen, um einerseits wie ein Genießer zu wirken, andererseits seine Antwort so wohlüberlegt wie möglich zu gestalten.

»Es ist wegen des Mordes«, sagte er schließlich, was wenig kognitive Transferleistung erfordert hatte.

Godehard Wunderbar zuckte indigniert zusammen. »Sie verdächtigen mich doch nicht, etwas damit zu tun zu haben?«

Kerschbaumer hob die freie Hand zu einer abwehrenden Geste. Wunderbar wusste offenbar nicht, dass Kerschbaumer seinerseits nichts mit dem Fall zu tun hatte. Sollte er ihn aufklären oder nicht? Er entschied sich dafür, alles im Ungefähren zu lassen.

»Natürlich nicht. Aber ich bin an Ihrer Meinung interessiert.«

Wunderbar dachte nach. Er wusste nicht so recht, wen er da vor sich hatte, aber wie alle Künstler hatte er einen unbändigen Mitteilungsdrang, der irgendwann nicht mehr im Zaum zu halten war.

»Das Casino sorgt für Unfrieden«, erklärte Wunderbar. »Es spaltet den Ort. Es wäre besser, es würde nicht gebaut.«

»Warum?«

»Weil Geld uns alle ruiniert. So etwas hat hier nichts zu suchen. Denken Sie daran, wir sind ein kleiner Ort. Trotz allem Tourismus haben wir uns unsere Identität durchaus bewahrt. Es gibt noch Milchbauern und Almwirte und Schreiner, die mit den gefällten Bäumen von den Hängen arbeiten.«

»Und Heimatmaler.«

»Und Heimatmaler«, gab Wunderbar graziös zurück, der die Ironie in Kerschbaumers Worten offenbar nicht verstanden hatte.

»Was würde das Casino denn kaputt machen?«, erkundigte sich der Chefinspektor weiter.

Wunderbar begann, wild zu gestikulieren. Die terpentingeschwängerte Luft geriet in Wallungen. »Die Dorfgemeinschaft. Die Verbundenheit mit dem Ort. Das Zwischenmenschliche. Bad Kleinkirchheim würde zu einem Geldautomaten degenerieren.«

Kerschbaumer nahm noch einen Schluck Tee, der ihm immer besser schmeckte. »Ist Ihr Protest gegen das Casino auch eine persönliche Angelegenheit?«

»Wer ist schon in der Lage, objektiv durchs Leben zu gehen? Es geht mir natürlich auch um mein eigenes Dasein und meine Kreativität. Und meine *Berufung* – wenn ich es so nennen darf? –, die ich zum Wohle des Ortes einsetzen will. Bad Kleinkirchheim hat mir so viel gegeben, jetzt fühle ich mich verpflichtet, meine von Gott oder den Musen verliehene Begabung, je nachdem, an welche Religion Sie glauben, in den Dienst der Dorfgemeinschaft zu stellen.«

Langsam wurde es wirr, und Kerschbaumer entschloss sich zu einer klaren Kante: »Außerdem würde das Casino Ihren schönen Blick ins Tal zerstören, oder?«

Der Maler wollte empört etwas erwidern, doch dann entspannte er sich und lächelte freundlich zurück. »Doch, ja, das natürlich auch. Sehen Sie, wir Künstler – darf ich das sagen, ohne arrogant zu wirken? –, wir wollen doch schon eine gewisse Sonderbehandlung, denn wir sind es ja, die für die Außenwirkung sorgen.«

14. Das Treffen mit Natalina

Nach dem Besuch beim Heimatmaler brauchte es erst einmal einen Cappuccino in der Greisslerei, um den zweiten Teil des Tages einzuläuten. Kerschbaumer musste seine Gedanken ordnen.

Manchmal nahm er sich im Wiener Arbeitsalltag vor, für Ruhepausen zu sorgen, sein Handy stumm zu stellen, einfach nur in die Gegend zu starren. Und das tat er nun auch. Er sah auf den im Sommer herrlich grünen Klammer-Zielhang, den selbst geübte Skifahrer lieber bedächtig fahren sollten, um nicht oben ins Stolpern zu geraten und zweihundert Meter tiefer Skier, Stöcke und Haxen sortieren zu müssen. Er sah die Sommerrodelbahn, eine clevere Idee des Tourismusverbandes, um die Speedfreaks in die Berge zu locken. Besser, wenn sie sich hier austobten als auf dem Wiener Gürtel.

Godehard Wunderbar war ein unangenehmer Zeitgenosse. Ein Egozentriker, vielleicht sogar ein Egomane. Aber wäre er auch in der Lage, für seine Interessen einen Mord zu begehen? Das schien doch etwas weit hergeholt. Andererseits hatte Kerschbaumer in Wien schon Menschen erlebt, die für sechzig Euro ihre Großmutter mit einem Klappspaten erschlagen würden. Ein Mord – das war der am schwierigsten aufzuklärende Kriminalfall überhaupt. Denn das Motiv des Handelnden sprengte fast immer jegliche logische Dimension. Ein Mord war selten fassbar, nie einzuordnen, nie rational zu erklären. Denn ein

Mörder war ein Psychopath, dessen Motive niemals mit herkömmlichen Kausalketten zu erklären waren, was die Ermittlungen doch stark verkomplizierte. Auch wenn die Presse und die Öffentlichkeit das nicht wahrhaben wollten.

Und es wurde ja nicht besser, denn er hatte sich mit einer Dame verabredet, der alles zuzutrauen war: Bestechung, Erpressung, Betrug, Verleumdung, Raub. Das meiste davon hatte sie nachweislich schon begangen.

Und dann machte er sich auf den Weg, gute dreihundert Meter die Dorfstraße hinab. Im ambitionierten Restaurant *Gellius* der Römerbad-Therme wartete Wendelin Kerschbaumer auf die unvergleichliche und nicht minder ambitionierte Natalina Nadalić-Filipović.

***

Während Kerschbaumer auf sie wartete, rief er sich ein paar Dinge über Frau Nadalić-Filipović in Erinnerung. Denn Natalina hatte eine ganz erstaunliche Marktlücke gefunden und erstklassig für sich zu nutzen gelernt: Sie arbeitete als Personalberaterin für die Halb- und Unterwelt. Angefangen hatte sie mit der Vermittlung von Wiener Türstehern. Sie kannte alle von ihnen und war mit der Hälfte davon im Bett gewesen. Sofort verstand sie, wer seinen Job wo am besten erledigte. Sie hatte einfach ein Gespür. (Wohlgemerkt, auch für die Betätigungsfelder jener Türsteher, mit denen sie zufällig nicht im Bett gewesen war.) Hippe Clubs für Wiener Millionärskinder erforderten eine andere Toughness als gesetzte Clubs für Wiener Millionärskindereltern. Millionärskinder brauchten die väterliche Ansage, ihre Eltern die No-shit-Hartheit, bei der auch keine dezent zugesteckten Hunderteuroscheine weiterhalfen. Dann ging es weiter mit diskreten Croupiers für legale und illegale Spielrunden sowie Leibwächtern für Gestalten, die zu zwielichtig für die großen Unternehmen waren. Bei einer Festanstellung betrug ihr Lohn zwanzig Prozent des ersten Jahresgehalts, zur Hälfte zu zahlen vom Chef und vom Arbeitnehmer. Bei einer einmaligen Auftragsarbeit nahm sie fünfundzwanzig Prozent. Sie war zuverlässig und hatte ein gutes Gespür, deswegen hatte sie inzwischen halb Wien unter Vertrag – also jenes Wien, das eher selten morgens um acht Uhr von Montag bis Freitag zur Arbeit ging. Doch auch Spielcasinos vertrauten ihr inzwischen. Sie war drauf und dran, den Sprung in die ehrenwerte Gesellschaft der echten Personalberater zu schaffen.

Kerschbaumer durfte davon ausgehen, dass Natalina bei der Besetzung der Posten der Austria Glück & Trumpf mitreden wollte und deswegen die Situation vor Ort eruierte. Ein erfahrener Croupier verdiente achtzigtausend Euro im Jahr, da waren zwanzigtausend Euro Provision eine hübsche Summe. Und wenn man drei oder vier solcher Posten vermitteln konnte, dann war der nächste Roadster gar nicht mehr so fern. (Natalina mochte kleine, flache, schnelle Autos, vorzugsweise Cabrios, und hatte sich vom Mazda MX5 über den BMW Z1 zum Porsche Boxster hochgearbeitet.)

Und damit nicht genug: Ein Spielcasino hatte üblicherweise wegen der langen Öffnungszeiten fast alle wichtigen Stellen doppelt und teilweise dreifach besetzt – niemand wollte erschöpfte Angestellte an Spieltischen, an denen Zehntausende Euro hin- und hergeschoben wurden, und niemand wollte müde Kontrolleure an den Monitoren, die Tricks und Schummeleien übersahen.

Und dann gab es ja noch jene Zocker, die besondere Vorlieben hatten, was die Begleitung am Abend – und vor allem in der Nacht – anging, und für deren diskrete Erfüllung so manche Betreiber von Clubs und Casinos ebenfalls längst auf Natalina zurückgriffen.

Erstaunlich: Natalina hatte keine Angestellten und nicht einmal ein Büro, nur einen Laptop und zwei Handys. Sie war mobil, schnell, nicht berechenbar, nicht greifbar – aber immer präsent und nur einen Anruf von einem guten Geschäft entfernt.

Und dann kam sie ins Restaurant der Römerbad-Therme. Was für eine Erscheinung sie war! Sie wirkte ein bisschen wie Marianne Pulrachers nachlässige Cousine, die nicht ganz so aufgehübscht und frisiert war, aber diesen beiläufigen Sex versprach, von dem Männer gerne träumten, der aber doch Fiktion blieb. Ihre braunen Augen lagen weit auseinander, die Brauen waren zu einem imposanten Bogen gezupft, drum herum floss honigfarbenes Haar in einer Frisur, die Kerschbaumer nicht beschreiben konnte, die ihm aber sehr gefiel. Sie war nicht aufreizend angezogen, aber doch so, dass man ihre Figur erahnen konnte, die zwar jenseits der Fitness-Marien lag, aber immer noch auf der schlanken Seite war, wenngleich mit einer Portion Wollust gepaart. Denn ihre Üppigkeit war nun wirklich unübersehbar.

»Hallo, Wendelin!«, flötete sie zur Begrüßung.

Er musste schlucken, denn es war selten, dass ihn jemand mit dem Vornamen ansprach. Sie glitt nicht so elegant an den Tisch wie die Pulracher, sondern brachte die Gläser zum Klirren – und eines sogar zum Umfallen. Aber sie beachtete ihr Malheur nicht groß, zumal es sich nur um ein Wasserglas gehandelt hatte. Kerschbaumer richtete es wieder auf. Natalina war eben der tödliche Tsunami, während die Pulracher die frühsommerliche Jasmin-Brise mit allenfalls einem Hauch Verschlagenheit war.

»Was machst du hier?«, fragte er direkt.

»Das Gleiche könnte ich dich fragen.«

Kerschbaumer erinnerte sich, dass ihre Stimme ihre größte Schwäche war, ein ziemlich hohes Piepsen, das so gar nicht zu der übrigen Erscheinung passen wollte.

Sie zuckte mit den Schultern. »Urlaub.«

»Ich auch.«

Beide grinsten unbeholfen. Aber beide taten auch nur so.

»Na, dann können wir uns ja in Ruhe lassen«, sagte Natalina.

»Wann hast du Falko zum letzten Mal gesehen?«

»Wir sind seit einem halben Jahr getrennt.«

»Ich weiß. Und jetzt bist du hier, weil …?«

»Wir lebten nicht mehr zusammen«, lenkte Natalina ab. »Aber ich habe ihn nicht vergessen.«

»Also willst du wissen, wer …«

»… ihn ermordet hat, ganz genau.« Sie zündete sich eine Zigarette an, obwohl das Rauchen hier verboten war. Mit einer Handbewegung verwirbelte sie den Qualm, als würde es so niemand bemerken.

»Das herauszufinden solltest du lieber der Polizei überlassen.«

»Gilt das nicht auch für dich?«, fragte sie unschuldig. »Du sagst doch, du bist nur im Urlaub hier.«

»Ich ermittle auch nicht.«

»Und warum wolltest du dich dann mit mir treffen?«

»Nennen wir es alte Verbundenheit.«

Spöttisch blies Natalina eine Rauchwolke in die Luft. Ach, wie Kerschbaumer den Duft von Zigaretten liebte. Würde morgen in der Zeitung stehen, dass alles nur ein riesiger Irrtum gewesen war, dass Zigaretten gar nicht schädlich seien – ja, dann würde er sofort wieder damit anfangen.

»Und dann geht es ja noch um das Casino«, sagte Natalina unvermittelt.

»Was hast du denn mit dem Casino zu tun?«, fragte Kerschbaumer erstaunt.

Ein Kellner kam an den Tisch und stellte unaufgefordert ein neues Weizenbier vor ihm ab. Wenn man mit Natalina Nadalić-Filipović unterwegs war, wurde man immer sehr zuvorkommend behandelt.

»Ich bin doch jetzt mit dem Neuen zusammen.«

»Welchem Neuen?«

»Na, dem Neuen, der das Casino auf Spur bringt ...«

Natalina lauerte. Sie wollte offenbar wissen, was Kerschbaumer wusste, doch der wollte sich nichts anmerken lassen.

Plötzlich riss eine schneidende Stimme Kerschbaumer und Natalina aus ihrem Unterhaltungsschach, erst wie in einem Traum, dann aufdringlich konkret.

»Kerschbaumer!« Ein aufgeregter älterer Herr kam leicht humpelnd an ihren Tisch.

»Kollege Trevisol«, nickte Kerschbaumer beinahe resignierend.

»Sie werden langsam wie ein Kaugummi unter der Schuhsohle! Sehr lästig, man wird es einfach nicht los!«

»Der Ort ist eben sehr klein«, erwiderte Kerschbaumer.

Misstrauisch blickte Trevisol auf Natalina. »Sie ermitteln doch nicht etwa?«, fragte er, ohne den Blick von ihr zu lassen. Das war der Vorteil, mit Natalina unterwegs zu sein. Sie stiftete Verwirrung, und es war ein faszinierender Anblick, wie Trevisols Schaltkreise Funken schlugen. Man sah regelrecht die Blitze hinter den Pupillen aufflackern.

»Das würde ich mir nie erlauben«, antwortete Kerschbaumer.

»Schön, schön.« Trevisols Worte waren an seinen Wiener Kollegen gerichtet, aber er stammelte sie eher auf Autopilot. Dann verließ er die Römertherme, ohne etwas zu trinken, zu essen, zu bestellen oder mitzunehmen. Es war ein bizarrer Auftritt. Schnüffelte Chefinspektor Trevisol ihm etwa nach?

Kerschbaumer hatte Natalina wieder für sich allein. Doch der Zauber ihrer intimen Unterhaltung war verschwunden.

Dann verabschiedeten sie sich voneinander.

Doch sie würden sich schon bald wiedersehen.

ACHTER URLAUBSTAG

Samstag, 9. August

WETTER

Etwas unschlüssig-wirre Wolkenbildung am Vormittag, dann ein jähes Abkippen ins Gewittrige, bevor der Tag mit viel Sonne ausklingt.

BESONDERE VORKOMMNISSE

Ein Murtaler fährt der Polizei mit 200 km/h davon und kann erst durch Straßensperren aufgehalten werden. Die Polizei Millstatt will einen steirischen Pkw kontrollieren, doch dieser entzieht sich der Anhaltung. Die Polizei nimmt die Verfolgung auf. Der Pkw fährt bei Spittal auf die A10, beschleunigt dort auf über 200 km/h, verlässt die Autobahn wieder bei Gmünd und setzt seine Flucht fort. Erst bei Griffen kann ihn eine Straßensperre stoppen. Der 24-jährige Murtaler hat keinen Führerschein. Ein Alkoholtest ergibt 1,6 Promille.

15. Getilgte Schulden

»So, ich habe hier ein paar Sachen zu Falkos Nachfolger gefunden«, knarzte Morenos Stimme aus dem Handy. Die Verbindung hier oben in den Bergen war nicht die beste.

»Schön.« Kerschbaumer kaute ein paar gesalzene Erdnüsse aus der Minibar des Hotelzimmers und schaute dabei die Dart Super League. Wer zu viel Zeit in Hotels verbrachte, entdeckte immer wieder neue Sportarten auf obskuren Spartensendern.

»Also, er heißt Pit Nick.«

»Willst du mich hochnehmen?«

»Nein, er heißt wirklich so.«

»Buchstabier das mal.«

Moreno tat es.

»Österreicher?«, fragte Kerschbaumer.

»Ja. Gebürtig aus Sankt Pölten. Zweiunddreißig. Aufgewachsen in Wien. Studium der VWL in München, nach drei Semestern abgebrochen.«

»Was ist VWL?«

»Volkswirtschaftslehre.«

»Vorstrafen?«

»Keine. Aber ich habe mal bei den Jungs von der Finanz nachgefragt. Er hatte noch bis letzte Woche einhundertdreißigtausend Euro Schulden, etwa zur Hälfte als Dispo, die andere Hälfte als Kredit. Aber mittlerweile haben sich seine Schulden halbiert. Die Casinos haben seinen Kredit getilgt, auf einen Schlag.«

»Aha.«

»Ziemlich ungewöhnlich für einen neuen Angestellten, von seinem neuen Arbeitgeber gleich mal Zehntausende Euro zu bekommen, findest du nicht?«, fragte Moreno.

Kerschbaumer dachte nach. Die Leitung blieb still.

»Sag mal, haben die Lavendeldüfte aus der Sauna schon dein Hirn matschig gemacht?« Moreno war eindeutig mit dem kommunikativen Speed eines Großstädters unterwegs, während sein Kollege schon in den gemächlichen Urlaubstrott abgeglitten war.

»Ja, seltsam«, brachte Kerschbaumer hervor.

»Soll ich mich weiter erkundigen?«

»Mach mal.« Kerschbaumer klang abwesend. Er war mit seinen Gedanken schon wieder bei Natalina. War sie der Schlüssel zu dem Fall?

»Dieser Pit Nick ist auch in Bad Kleinkirchheim«, schallte es durch das Handy. »Wurde gestern bei einer Verkehrskontrolle gestoppt. War ein bisschen flott unterwegs, aber nichts Dramatisches.«

»Ich weiß, dass er hier ist.«

»Woher?«

»Ich bin im Urlaub. Nicht im Koma.«

16. Die fehlende Tatwaffe

Jedes Revier in Österreich hatte seinen ganz eigenen Rückzugsort, der den Inspektoren einen Moment der Normalität zwischendurch garantierte, fernab der Merkwürdigkeiten ihres Berufs, weit weg von Drogenabhängigen, Alkoholikern, manisch Depressiven oder schlichtweg Irren. Weit weg von den Überspannten, den Brüllaffen, den Rechthabern, den Wutbürgern, den Denunzianten, den Paranoiden, den Hysterikern. Manche Reviere hatten eine Stammkneipe, andere ihren Hotdog-Stand, ihr Kaffeehaus oder sogar das Vereinsheim des örtlichen Fußballklubs. Es qualifizierte sich alles, was eine Ablenkung vom Alltag versprach.

Die Inspektoren von Bad Kleinkirchheim hatten einen solchen Ort bislang nicht gebraucht. Geklaute Leih-Ski, eine Geschwindigkeitsüberschreitung innerorts, ein geprellter Hüttenwirt – nichts, was einen an der Qualität der menschlichen Art zweifeln ließ. Doch nach dem zweiten Mord innerhalb von sechs Monaten waren die drei Inspektoren unbewusst auf der Suche nach einem Rückzugsort. Und sie hatten ihn in der Greisslerei gefunden, jenem lauschigen Café neben der Apotheke, die im Winter Umsatzrekorde mit Schmerzsalben gegen Prellungen und blaue Flecken verzeichnete, und im Sommer auf die wenigen besorgten Mütter hoffen musste, die für ihre Kinder bei laufender Nase Antibiotika verlangten – oder, schlimmer noch, homöopathisches Gepantsche.

Und so saßen die drei Inspektoren in den tiefen Sesseln rechts neben der Theke, während Kerschbaumer, ganz zufällig hier, am Bistrotisch links davon, in einer Heimatzeitschrift blätterte und sich wunderte, was man alles aus Zirbenholz herstellen konnte. Sogar *Wohlfühlkissen*.

Hilde blickte zu Kerschbaumer hinüber, Feiersinger winkte verstohlen, und selbst Trevisol setzte ein sozial taugliches Gesicht auf. Ihre Unterhaltung war nicht zu überhören, und weil Kerschbaumer ohnehin der einzige Gast war, scherten sie sich nicht weiter, was er hören würde.

»Viel weiter sind wir nicht.« Trevisol rührte in seinem Heißgetränk.

»Wenn wir doch wenigstens die Tatwaffe hätten«, seufzte Hilde Hofgärtner.

»Die liegt auf dem Grund des Millstätter Sees oder sonst wo«, winkte Trevisol ab.

»Eine 45er – ist das überhaupt noch ein gebräuchliches Kaliber?«, mischte sich Kerschbaumer vorsichtig ein, auch wenn er die Antwort bereits wusste.

»Auf jeden Fall bei Spezialeinheiten«, erklärte Feiersinger. »Denn die 45er bleibt mit ihrer Mündungsgeschwindigkeit von dreihundert Metern pro Sekunde unter der Schallgeschwindigkeit. Man kann also ziemlich lautlos zuschlagen, wenn man einen Schalldämpfer montiert.«

»Was erklären könnte, warum niemand etwas gehört hat.« Hilde zog sich am Ohrläppchen, eine Geste, die sie immer dann machte, wenn sie über etwas nachdachte.

»Würde das Kaliber also eher für einen professionellen Mord sprechen oder für einen Mord im Affekt?« Wieder wagte Kerschbaumer eine Zwischenfrage, mit der er aber auch betonen wollte, dass er sich aus den Ermittlungen herauszuhalten gedachte.

»Das ist es ja …«, Trevisol fuhr sich mit der Hand durchs Bürstenhaar. »Für beides gäbe es gute Argumente. Ein verflixtes Kaliber, dieses 45er.«

»Also, einen Schalldämpfer dürften nur Profis benutzen«, sagte Hilde.

»Aber es ist ja nicht gesagt, dass wirklich einer benutzt wurde. Manchmal kann man es am Geschoss feststellen«, wusste Feiersinger, »aber Kriechnitz wollte sich hierzu nicht festlegen.«

»Seid ihr mit der Funkzellenabfrage der Bosnier weitergekommen?«, fragte Kerschbaumer. Schließlich wurden in den letzten Jahren dank Handyortung mehr Verbrechen gelöst als durch jede andere polizeiliche Ermittlungsmaßnahme.

»Negativ. Keiner der Zwillinge scheint zum fraglichen Zeitpunkt am Tatort gewesen zu sein«, erklärte Feiersinger.

Trevisol konnte nicht anders, als loszuschimpfen. »Was sie aber doch gerade verdächtig macht, diese Berufsgauner!«

Es war ein prächtiger Anblick, wie sich sein Gesicht zunehmend rot färbte; die Betriebstemperatur in seinem Inneren stieg sichtlich an, wie bei einem Umluftofen, der auf 180 Grad vorgeheizt wurde.

»Elendiges Pack!«

Lang würde es nicht mehr dauern, bis der Kessel explodierte. Kerschbaumer sah zu, dass er sich davonmachte.

17. Die Begegnung mit Pit Nick

Bad Kleinkirchheim war ein kleiner Ort, und so sah Kerschbaumer Natalina bereits am Tag nach ihrem Zusammentreffen wieder. Natalina war ohnehin kaum zu übersehen, und der Kerl an ihrer Seite konnte nur Pit Nick sein. Groß war er, schlank war er, eindeutig fitnessstudiogestählt. Das Gesicht war wohlproportioniert, die Züge fein geschnitten, alles war am richtigen Platz und von korrekter Proportion. Ein gut aussehender Mann, zweifellos.

Sie gingen an der Hauptstraße entlang, vertraut, aber nicht Hand in Hand. Da er eine Baseballkappe trug, vermutete Kerschbaumer fortgeschrittene Alopezie; man konnte eben nicht alles haben.

Ob Natalina ihn auch als Managerin vertrat? Dabei sah er nicht so aus, als hätte er das nötig. Falko war da irgendwie weicher gewesen. Wie alle echten Spieler hatte er mit Geld nicht umgehen können. Nur wer eine beiläufige Beziehung zu Geld hatte, konnte gut pokern.

Kerschbaumer sah Pit nur kurz, denn er saß gerade im Auto, als ihm die beiden entgegenkamen. Das reichte nicht für eine umfassende Charakterisierung von Natalinas Neuem. Sofort hielt Kerschbaumer auf dem Parkplatz des Supermarktes an und ging zu Fuß zur Hauptstraße, aber das Paar war verschwunden.

Waren sie überhaupt ein Paar im engeren Sinne? Und war es wirklich Pit Nick, den er gerade gesehen hatte?

Eine kurze Facebook-Recherche verschaffte Klarheit und bestätigte Kerschbaumers Vermutung. Ansonsten war auf Pits Profil nicht viel zu erfahren, er hatte es in fast allen Belangen auf *privat* gestellt.

Nichtsdestotrotz ließ die Begegnung mehrere detektivische Glöckchen in Kerschbaumers Hirn klingeln. Was hatte die Ex-Verlobte des Mordopfers mit dessen Casino-Nachfolger zu schaffen?

***

Dann gab es eine überraschende Wendung. Kerschbaumer war zunächst ins Hotel zurückgekehrt und machte sich auf den Weg, um sein Schrittpensum abzuleisten – *Urlaub, Urlaub, Urlaub,* erinnerte er sich immer wieder selbst. Auf seiner Lieblingsstrecke, dem Talweg, kamen ihm Natalina und Pit erneut entgegen. War es zu glauben? Aber klar, Bad Kleinkirchheim war wirklich ein Nest.

Er sah, dass sie nun Hand in Hand gingen. Er sah auch, dass Natalina kurz ihre Hand wegzog, als sie Kerschbaumer erkannte, dann aber umso entschlossener wieder nach ihr griff. Kaum zu glauben, sie trug gewöhnliche Turnschuhe und keine High Heels.

Und die Person, der die Hand gehörte? Pit Nick hatte ein gewinnendes Lächeln. Und einen festen Händedruck, wie Kerschbaumer wenig später feststellte. Die beiden waren stehen geblieben, als sie mit Kerschbaumer auf einer Höhe waren, und Natalina hatte die Männer miteinander bekannt gemacht. Pit verströmte eine unbekümmerte Fröhlichkeit. Man mochte ihn sofort. Selbst Kerschbaumer, der ewige Skeptiker. Pit Nick war einer dieser Menschen, mit denen man *gern mal ein Bier trinken* würde. Er war sportlich gekleidet, aber auf eine Art, die zeigte, dass an ihm auch ein Anzug gut aussehen würde.

»Gratuliere zu Ihrem neuen Job«, sagte Kerschbaumer schließlich, um der Begegnung irgendeinen tieferen Sinn zu geben.

»Oh, vielen Dank. Es steht noch viel Arbeit an.«

»Glauben Sie, dass Sie wie geplant eröffnen können?«

»Schwierig, aber ich bin optimistisch.« Er sprach alles mit einem freundlichen, offenbar ehrlich gemeinten Lächeln aus.

»Der Mord an Ihrem Vorgänger behindert Sie nicht?«, fragte Kerschbaumer unschuldig.

»Warum sollte er?«, antwortete Pit kühl, aber freundlich.

»Wo liegen dann die Schwierigkeiten?«

»Oh, die Protestbewegungen finden immer einen Weg. Vielleicht lebt auf der Wiese ja ein seltener Molch, der als schützenswert gilt? Die Zwetschgenkuchenwespe? Die Alpensmaragdlibelle? Die Medien tun ihr Übriges. Wir können uns wohl erst zurücklehnen, wenn am Eröffnungstag die ersten Chips gesetzt werden.«

»Mal was anderes, und das hören Sie sicher öfter: Ihr Name gefällt mir.«

Das war ein klassischer Kerschbaumer-Move, doch Pit Nick kannte die Methoden des Wieners noch nicht. Seine Gesichtszüge entglitten ihm kurzzeitig, doch dann lachte er auf. »Wenn die Leute wüssten«, gluckste er. »Also, geboren wurde ich als Peter Nidetzky.«

Der Name kam Kerschbaumer außerordentlich bekannt vor, irgendetwas lag ihm auf der Zunge, und nun war es Pit Nick, der den Gesichtsausdruck seines Gegenübers amüsiert studierte.

»Peter Nidetzky«, grübelte Kerschbaumer. Da war doch was … Es wollte ihm einfach nicht einfallen.

»Na, der von *Aktenzeichen XY*«, half Pit Nick.

Richtig! Peter Nidetzky aus Wien, der ORF-Moderator, der langjährige Leiter des Wiener Aufnahmestudios der Fahndungssendung *Aktenzeichen XY*, bei der Kerschbaumer ja selbst einmal wegen eines spektakulären Uhrenraubs zu Gast gewesen war, allerdings lange nach der Zeit des echten Nidetzkys.

»Ein Namensvetter, aber doch eine Bürde«, plauderte Pit Nick. »Also beantragte ich eine Namensänderung, als ich volljährig war, die mir genehmigt wurde. Und da ich schon dabei war, überlegte ich mir eben etwas Schneidiges. Nur die Initialen wollte ich behalten.«

Die Geschichte gefiel Kerschbaumer, aber er ließ sich davon nicht ablenken.

»Warum hat dieses Casino, das es ja noch nicht mal gibt, eigentlich so viele Gegner?«

Nun war es Pit Nick, der die kerschbaumersche Ablenkungstaktik anwendete. »Sie sind übrigens der Erste, der das so offen anspricht. Das finde ich gut.«

»Bleibt die Frage nach den Feinden …«

»Ich dachte, Sie wären nur zum Urlaub hier?«

»Ach, wissen Sie, in meinem Job ist man immer irgendwie im Dienst. Und wenn man dann noch das Mordopfer persönlich kannte …«

»Das verstehe ich.« Pit Nicks durchtrainierte Schultern zuckten. »Es ist halt dankbar, gegen ein Spielcasino zu sein. Damit können sich alle auf der richtigen Seite fühlen. Ohne darüber nachdenken zu müssen, wie viele Vorteile so etwas bringen kann.«

»Welche Vorteile meinen Sie?«

»Na ja, Orten wie Monte Carlo, Sankt Moritz oder Venedig haben die Casinos nun wahrlich nicht geschadet. Hochwertiger Tourismus – keine Camper oder Downhill-Biker, sondern Gäste, die richtig Asche im Ort lassen.« Jetzt wurde Pit Nick doch ein kleines bisschen ordinär.

»Und welche Marketingmaßnahmen schweben Ihnen vor?«

Pit Nick zuckte die Schultern. »Na, zum Beispiel das Golfturnier.«

Natalina räusperte sich.

»Also, ich meine, bis dahin kann man sich ja die Zeit vertreiben und alle bei Laune halten«, sagte er und ließ sich nichts weiter anmerken.

»Wer sind alle? Und warum auf dem Golfplatz?«, hakte Kerschbaumer nach.

»Oder in den Thermen oder auf den Wanderwegen oder – ja, eben auch auf dem Golfplatz!«

Das war eine ziemlich merkwürdige Strategie, »alle« bei Laune zu halten.

18. Nockalmsteak mit Begleitung

Man konnte es nicht anders sagen: Die Fabrikanten von alkoholfreien Getränken hatten in den letzten Jahren beachtliche Fortschritte gemacht. Das alkoholfreie Weizenbier schmeckte annähernd so gut wie sein fünfprozentiger Kollege, auch wenn diese angenehme Schummrigkeit ausblieb, wegen der man doch eigentlich trank.

Aber dafür saß ihm ja Hilde Hofgärtner gegenüber, was Kerschbaumer sehr freute. Sie hatten sich in der Sportalm verabredet, oben in Sankt Oswald. Es wurde bereits zügig dunkel. Man hatte den längsten Tag des Jahres erkennbar weit hinter sich gelassen; auch frische Pilze standen schon auf der Speisekarte. Die Natur drängte in Richtung Herbst.

»Ein munteres Stelldichein«, sagte Hilde und meinte damit nicht die Pilze auf der Karte. Sie wollte kopfüber in den Fall eintauchen, auch nach Feierabend.

»Das kann man wohl sagen.«

»Der Neubau des Casinos zerreißt den Ort. Der künftige Manager, ein landesweit bekannter Spieler, wird erschossen, dann kreuzt seine Verlobte oder Managerin auf. Dann kommen zwei Bosnier, bei denen Falko tief in der Kreide stand. Und denen er eine Haftstrafe eingebrockt hat.«

»Wir wissen aber nicht, ob sie das wissen«, erinnerte Kerschbaumer.

»Können wir es denn annehmen?«

»Ich denke schon. Übrigens ist auch Falkos Nachfolger hier.«

Kerschbaumer erzählte von Pit Nick, Hilde hörte interessiert zu.

»Er hat vom Casino einen hohen Vorschuss bekommen, haben mir die Wiener Kollegen berichtet. Ich frage mich, ob das ein Motiv sein könnte. Auf einen Schlag schuldenfrei?«

»Es kommt darauf an, bei wem er die Schulden hatte«, sagte Hilde, und Kerschbaumer musste lächeln. Sie dachte schon wie eine Großstadt-Ermittlerin.

»Und dann gibt es ja noch all diese Beseelten wie Franziska Furter mit ihrer CasiNO-Kampagne oder dieser Heimatmaler Wunderbar.«

»Oh, hör mir mit dem auf«, warf Hilde ein, als Kerschbaumer gerade von seiner Begegnung mit ihm erzählen wollte.

»Wieso?«

»Ein unangenehmer Typ. Schreibt mindestens einmal die Woche an die Behörden. Noch so richtig handschriftlich und mit Kopien an alle anderen öffentlichen Stellen, als Einschreiben mit Rückschein. Ein Besserwisser, ein Stänkerer, ein Kohlhaas.«

»Ein was?«

»Michael Kohlhaas. *Fiat iustitia et pereat mundus* und so.«

Kerschbaumer verstand nun gar nichts mehr, Hilde musste erklären. »Eine Romanfigur von Heinrich von Kleist. *Gerechtigkeit, und gehe auch die Welt daran zugrunde!*«

Kerschbaumer erfuhr, dass Hilde zwei Semester am Institut für Germanistik in Klagenfurt studiert hatte.

»Und warum hast du das Studium abgebrochen?«

»Es hat mir nicht gefallen, und ich hatte auch Geldprobleme. Das mit dem Geld hätte man wohl lösen können, aber, na ja, die Uni war einfach nicht meins.«

Das Thema war ihr unangenehm, also tat Kerschbaumer ihr den Gefallen und schwenkte wieder zum Fall zurück. »Was glaubt Trevisol?«

Hilde musste lächeln. »Er ist, sagen wir, noch im Prozess der Meinungsbildung, glaubt aber stark daran, dass die Bosnier da mit drinhängen.«

Zwei Nockalmsteaks mit Ofenkartoffeln führten das Gespräch schnell auf kulinarisches Gebiet, mit rhetorischen Ausflügen zu den Landwirten, Käsebauern und Fischräuchereien zwischen Feld am See, Radenthein und hier oben.

»Mit meinem Kerl ist übrigens Schluss«, sagte Hilde nach dem Zahlen beiläufig, und Kerschbaumer schien es, als würde sie genau beobachten, wie er darauf reagierte. Aber vielleicht war es nur männliche Projektion, bloßes Wunschdenken.

Sie verabschiedeten sich auf dem Parkplatz jedenfalls nur mit einer freundschaftlichen Umarmung und einem Kuss ins Nichts.

NEUNTER URLAUBSTAG
Sonntag, 10. August

WETTER

Nebel, der sich erst am Vormittag, die Berge hochkriechend, verzieht. Dann: erlesenes Ausflugswetter, Staus auf den Zufahrtsstraßen zu den Bergseen.

BESONDERE VORKOMMNISSE

Ein Bewohner eines Pflegeheims in Villach wird als abgängig gemeldet. Sofort macht sich die Rettungshundebrigade auf die Suche. Hündin Luna sucht das Gelände ab und verschwindet in der Dunkelheit. Dann hört die Hundeführerin lautstarkes Bellen ihrer Hündin. »Das ist kein alltägliches Bellen – das ist das Bellen, wenn Luna eine Person verbellt, die sie gefunden hat.« Luna findet den vermissten Mann auf einer Parkbank.

19. Mehr Schulterdrehung!

Ja, es sah hier aus wie in einer *Lord-Extra*-Werbung der 1980er-Jahre. Bloß dass die Models nicht ganz so schlank und nicht ganz so jung waren. Aber ansonsten stimmte alles: helle Hosen, gestreifte Polohemden, weiße Schuhe und Schirmmützen. Schicke Autos, unscharf im Hintergrund.

Für Kerschbaumer waren nur Turnschuhe erforderlich. Und ein T-Shirt, besser wäre zwar ein Shirt mit Kragen gewesen, aber für den Anfängerkurs war auch ein T-Shirt ausreichend.

Der Golfclub von Bad Kleinkirchheim, »der höchstgelegene Platz in Kärnten« (Eigenwerbung), bot im Sommer jeden Sonntag einen ganztägigen Schnupperkurs für 99 Euro an, und Kerschbaumer schlug aus zwei Gründen zu: Erstens hatte ihn Golf schon immer interessiert, und zweitens schien hier irgendwas im Busch zu sein. Pit Nick trieb sich hier herum, und Kerschbaumer konnte sich auch gut an Falko Bruchbichlers Golfleidenschaft erinnern. Der Golfplatz war gewissermaßen ein Casino in Grün.

Die nette Dame im Sekretariat drückte ihm ein paar zerbeulte Leihschläger in die Hand und riet ihm noch zum Kauf eines Handschuhs, wegen der Blasen.

Drei weitere Personen hatten sich für den Anfängerkurs eingefunden und warteten am Putting-Grün auf den Golflehrer: ein verhuschtes Ehepaar aus dem Schwäbischen und ein wild entschlossener Tiroler, der sich selbst als ehemaligen Skirennfahrer vorstellte, was Kerschbaumer aber wenig beeindruckte. Denn es gab auf dieser ganzen weiten Welt keinen einzigen Tiroler, der nicht von sich behaupten würde, irgendwann in seinem Leben einmal in der Skinationalmannschaft gewesen zu sein. Der Tiroler begann gleich übermotiviert ein paar Probeschwünge vorzuführen. Es sah nicht so aus, als wäre er mit Talent gesegnet, aber es war ja noch früh am Tag.

Pro Bob, der vom Clubhaus mit federnden Schritten auf sie zuging, strahlte braun gebrannte Zufriedenheit aus, holte ein paar launige Sprüche von der Festplatte und präsentierte dabei einen leichten britischen Akzent, was ja irgendwie zum Berufsanforderungsprofil gehörte. Tatsächlich stellte er sich als »Inselaffe« vor, was bei den Anfängern für verlegenes Hüsteln sorgte.

Bob begann mit einem kleinen geschichtlichen Exkurs, erzählte von schottischen Schafen, nutzlosem Marschland und Schäfern, die mit Stöcken Steine über den salzigen Boden trieben, der sich so gar nicht für irgendeine Art der Landwirtschaft eignete, allenfalls als Weidefläche.

Dann meldete sich der Schwabe schüchtern. Er hatte seine Hausaufgaben gemacht und wollte das auch beweisen. Also sagte er, er habe gelesen, dass Golf eigentlich von den Holländern erfunden worden sei, die es auf den zugefrorenen Grachten gespielt hätten.

Dabei bedachte er jedoch nicht, dass er mit seiner Äußerung Bobs nationale Ehre besudelte. Es war, als würde man einem Deutschen erzählen, dass belgisches Bier eigentlich viel besser schmeckte. Und so gab Bob indigniert zurück, dass wahrscheinlich überall auf der Welt Leute mit Stöcken Gegenstände durch die Gegend geschlagen hätten, dass der Sport in seiner heutigen Form aber eindeutig auf die Schotten, und »von mir aus auch noch die Iren«, zurückzuführen sei, wie er großherzig einräumte. Er deutete auf die Sandbunker und sagte, diese seien ein integraler Bestandteil des Spiels und dadurch entstanden, dass sich die Schafe in der Nacht zum Schutz vor dem Wind eine Mulde ausscharten, die im Laufe der Monate immer tiefer wurde. Und er wolle doch mal erklärt bekommen, ob es überhaupt Schafe auf den zugefrorenen Grachten gegeben hätte und ob diese auf der Eisfläche solche Vertiefungen hinbekommen hätten.

Der Schwabe, ohnehin mit dem Computerbuckel eines Büroangestellten geschlagen, wurde im Verlauf von Bobs Diskurs immer kleiner und krummer. Ihm wurde sein schrecklicher Fehler bewusst, der ihn nun den ganzen Tag verfolgen würde.

Beim Putten, das sehr dem Minigolf ähnelte, zeigten sich noch keine Ausschläge nach oben und unten, doch auf der Driving-Range trennte sich dann die Spreu vom Weizen. Und der Pro war eine besonders prächtige Ähre. Während er redete, hieb er die Bälle mit müheloser Eleganz an die 150-Meter-Marke, und die Anfänger konnten gar nicht anders, als ehrfürchtig zu ächzen. Dann sollten sie es selbst versuchen, und erst da wurde ihnen klar, wie absurd schwer diese Aufgabe war, die der Pro eben so beiläufig absolviert hatte.

Immerhin: Kerschbaumer stellte sich gar nicht so schlecht an, denn er hatte ein Geheimnis. Er konnte es schon ein bisschen, als Kind hatte ihn sein Onkel ein paarmal mitgenommen. Es reichte zwar nicht, um als beeindruckendes Phänomen durchzugehen, aber der Pro bescheinigte ihm ein gewisses Talent, während die schwäbische Frau ihn fortan mit sehr interessiertem Blick beobachtete, als wäre er ein Prinz, der sie aus ihrem schnöden Buchhalterleben in einem Zuliefererbetrieb von Mercedes-Benz-Nutzfahrzeugen erretten könnte.

In der Mittagspause versammelte man sich um einen Tisch im Clubrestaurant mit Blick auf den ersten Abschlag. Was die Gäste dort zu sehen bekamen, ähnelte nur sehr, sehr entfernt jenem Sport, den ein Tiger Woods ausübte. Und das Schnitzel im Clubhaus, das es zur Mittagspause gab, ähnelte auch nur sehr entfernt einem Schnitzel aus dem Wiener Gasthaus Wolf in der Großen Neugasse 20, aber die Bedienungen waren außergewöhnlich nett.

Bob spulte ohne Mitleid sein Programm herunter, das aus schlüpfrigen, aber gerade noch jugendfreien Witzen bestand sowie Preziosen wie diesen: *Warum heißt Golf Golf? Weil »Ach du Scheiße« schon besetzt war.* Alle lachten bereitwillig. Oder: *Ein älteres Ehepaar sitzt beim vertrauten Gespräch im Clubhaus. »Wenn ich zuerst sterbe, dann sollst du nicht allein bleiben und darfst wieder heiraten«, sagt sie. Der Mann nickt. »Und du sollst dann mit deiner neuen Frau auch Golf spielen«, sagt sie. Der Mann nickt. »Und sie kann auch meine Schläger haben«, sagt sie. Darauf der Mann: »Das geht nicht, sie ist Linkshänderin.«*

Am Nachmittag, als Kerschbaumer sich so langsam besser anstellte, raunte Bob ihm zu, er solle dranbleiben und in der kommenden Woche am besten ein paar Einzelstunden bei ihm buchen.

Dann gab es noch einen Kaffee, und wenig später verabschiedeten sich alle voneinander – von der Sonne gerötet, aber zufrieden.

Auf dem Parkplatz sah Kerschbaumer eine hübsche Frau, die ihre große Tochter – oder war es ihre Schwester? – in eine Art Kindersitz schnallte und dann in ihrem alten Kombi davonfuhr. Das war deswegen merkwürdig, weil die Tochter oder Schwester so groß war wie die Mutter. Hatte er die beiden nicht schon einmal gesehen?

***

Trevisol war am Explodieren, obwohl seine Stimme nur aus dem Telefon bis zu Kerschbaumer drang. Er hatte offensichtlich herausgefunden, mit wem sich der Wiener Chefinspektor im Restaurant des Römerbades getroffen hatte.

»Sie ermitteln hier nicht rum, haben wir uns verstanden?«, krächzte es aus dem Display. »Nicht vor meiner Nase, ist das klar?« Er schaffte es, laut zu granteln, dabei zeichnete sich das klassische Granteln doch eher durch seine niedertourige Murmeligkeit aus.

»Würde ich nie tun. Es handelte sich um eine alte Freundin.«

»Eine alte Freundin, ja, das können Sie meiner Großmutter erzählen.«

»Oh, tut mir leid, hier oben ist die Verbindu…« Kerschbaumer legte auf und beschloss, im Hotel abendzuessen. Nach der vielen Lauferei auf dem Golfplatz sicher keine verkehrte Entscheidung.

ZEHNTER URLAUBSTAG

Montag, 11. August

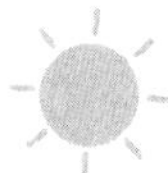

WETTER

Träges, trockenes Sommerwetter ohne Wind, das wenig Lust auf einen Umsturz der Verhältnisse verspürt.

BESONDERE VORKOMMNISSE

Eine Klagenfurter Revierinspektorin wird zu 2800 Euro Diversion verurteilt. Eine Frau hat bei ihr eine mit Diamanten besetzte Damenrolex im Wert von 35000 Euro abgegeben. Die Polizistin nimmt keine Anzeige auf, gibt der ehrlichen Finderin keine Quittung – und führt die Uhr ein halbes Jahr lang mit sich. Erst als die Finderin beim Fundamt nachfragt, was mit der Uhr passiert sei, kommt die Sache ins Rollen. Die Polizistin gibt an, an jenem Tag so viele Einsätze gehabt zu haben, dass sie die Uhr vergessen habe. Die Uhr ist zurück bei der Besitzerin, die Finderin erhält 200 Euro Finderlohn.

20. Die Stunde bei Bob

Der Ball hoppelte in Kniehöhe über das kurz gemähte Gras und verschwand mit einer scharfen Linkskurve in dreißig Metern Entfernung in einem Busch.

»Ja, das machst du schon ganz gut«, meinte Bob allen Ernstes. Kerschbaumer schnaubte ungläubig. Sie standen auf der Driving-Range des Golfplatzes, die etwas oberhalb der Bahnen lag und ein prima Panorama bot. Bloß dass hier niemand einen Blick für die Aussicht hatte, sondern verzweifelt auf den Ball vor sich starrte, der mit einer fatalistischen Bewegung in die Luft befördert wurde, um ihm dann ungläubig nachzusehen. Dieser Sport war einfach eine schwierige Angelegenheit, für alle Urlauber, die hier standen.

»Nein, wörrrklich, das ist gut.« *Guuud* – Bobs Akzent hatte etwas Sedierendes. »Anfänger schlagen immer nach rechts. Ich sage doch, du hast Talent.«

»Ich mache also die richtigen Fehler?«

»Ganz genau«, lachte Bob. »Gib mir drrrai Monate, und wir können anfangen zu zocken.«

Das war das Stichwort. »War Falko eigentlich mal hier?«

»Falko?«

»Falko Bruchbichler. Der, den sie unten am Bach erschossen haben.«

Bob blickte seinen neuen Schüler prüfend an. »Hast du ihn gekannt?«

»Ja, aber nicht vom Golfplatz. Er spielte gern um Geld, oder?«

»Der Mistkerl hat mir hundert Euro abgenommen«, knurrte Bob. »Hat behauptet, Handicap zwanzig zu haben. Ich habe ihm zehn Schläge vorgegeben auf neun Löchern. Nach zwei Löchern war mir klar, dass ich keine Chance hatte.«

Wenn er wütend war, sprach der Pro ganz klar. Er setzte seinen Akzent und die unbeholfene Grammatik nur ein, wenn er Golf unterrichtete, wohl um seine britische Kompetenz zu unterstreichen.

»Hat er auch mit anderen um Geld gespielt?«

»Ich weiß es nicht. Er trieb sich ein paarmal hier rum. Er hatte ja diese Idee mit dem Golfturnier.«

»Was für ein Golfturnier?«

Bob verzog das Gesicht zu einem angespannten Nachdenken. »Na, so richtig ausgegoren war das alles nicht. Er wollte irgendwie zur Casinoeröffnung oder davor ein echtes Zockerturnier veranstalten. Mit ein paar echten Spielern.«

»Oh, das sieht ihm ähnlich.«

»So, jetzt aber zu deinem Schwung, Wendy.« Das war ein Spitzname, den Kerschbaumer mit jeder Faser seines Körpers hasste. »Du musst die linke Schulter hinter den Ball drehen, aber du darfst den linken Arm nicht einknicken!«

Wendelin Kerschbaumer versuchte es.

»Und dann nicht nach oben schlagen, sondern voll in den Boden. Aber erst den Ball treffen, dann den Boden! Das ist das Geheimnis!«

Drei Bälle hoppelten entwürdigende fünfzehn Meter davon.

»Und du musst den Schwung beenden! Die rechte Schulter muss Richtung Ziel zeigen! Und verlagere das Gewicht von der rechten Ferse auf den linken Ballen, und halte die Arme ganz weich, bleib mit dem Oberkörper hinter dem Ball, so wie gut gekochte Spaghetti, und denk an nichts, sei der Ball, der …«

Wendelin Kerschbaumer war so verwirrt, dass er überhaupt nicht mehr wusste, was er denken und tun sollte. In seinem Kopf formte sich aus den vielen Anweisungen eine diffuse graue Wolke. Also bewegte er sich irgendwie und traf tatsächlich den Ball – der erhob sich zu einer majestätischen Parabel, stieg und stieg in den blauen Berghimmel und fiel nach einer Unendlichkeit als winziger weißer Pixel weit hinter dem 100-Meter-Schild ins Gras.

Wendelin Kerschbaumer fühlte vollkommenes Glück, eine nie gespürte Einheit mit dem Universum. Wie mühelos, wie gut sich das anfühlte! Er blickte Bob an.

Der zwinkerte. »Sag ich doch.«

Der Wiener holte sich sofort den nächsten Ball. Hatte er jetzt das Geheimnis großartigen Golfs entdeckt? Doch der folgende Schwung misslang völlig. Auch beim nächsten und übernächsten Schwung waren die Ergebnisse blamabel. Er keuchte und sah ratlos zum Pro.

»Noch ein Schwung«, sagte dieser ermutigend.

Kerschbaumer konzentrierte sich. *Schultern drehen, Arme weich lassen, Gewicht verlagern, hinterm Ball bleiben …*

»Einsatz zehntausend Euro pro Spieler, diverse Nebenwetten.«

Bob sagte das mitten in Kerschbaumers Bewegung hinein. Und wieder traf er den Ball ganz sauber. Er schlug direkt neben dem 100-Meter-Schild ein, das *Ploff* war bis hier oben zu hören. War der Trick, an nichts zu denken? Aber wie konnte man an *nichts* denken?

»Der Club hat aber abgelehnt. Unklare Rechtslage. Wir wollten keinen Ärger. Also wollte Falko privat was organisieren. Acht, neun Spieler.«

»Hat er dich auch gefragt?«

Bob winkte ab. »Das ist mir zu viel Geld, um gegen Unbekannte zu zocken. Bei meinen Clubmitgliedern weiß ich, woran ich bin. Aber wenn dann irgendein Bayer oder Kroate hier aufkreuzt – was weiß denn ich, ob der wirklich Handicap siebzehn hat?«

»Wann war das Turnier geplant?« Ein weiterer Ball flog weit und gerade.

»Erstes Septemberwochenende, wenn ich mich richtig erinnere.« Bob streckte seine Hand aus. »Die Stunde ist zu Ende. Schlag die Bälle weg und denk dran, was ich dir gesagt habe.«

Was hatte er ihm denn gesagt? Schultern, Arme, Hüfte, Füße – Kerschbaumer dachte nach und legte sich ein paar imaginäre Schwungbewegungen zurecht. Und traf keinen einzigen Ball mehr.

***

Hätte dieses geplante Turnier irgendetwas mit dem Mord an Falko zu tun haben können? Aber warum sollte es das? Noch war es ja nicht mehr als ein Plan gewesen, niemand hatte Geld verloren. Oder hatte Falko vielleicht schon Anzahlungen kassiert und dann, typisch für ihn, das Geld verprasst, anstatt den Jackpot im Turnier einzusetzen? Kerschbaumer beschloss, Natalina beim nächsten Treffen danach zu fragen.

Daheim angekommen, googelte er erst einmal Golfvideos auf YouTube, um dem Geheimnis des Schwungs weiter auf die Spur zu kommen. Es gab sehr viele Videos mit sehr viel versprechenden Titeln. Kerschbaumer schrieb sich mit dem Hotelkugelschreiber ein paar Tipps zusammen. Dieser eigenartige Sport schaffte es tatsächlich, dass er ein paar Stunden lang überhaupt nicht mehr an den Mord dachte.

Außerdem googelte er den Namen des »ehemaligen Skirennfahrers« aus Tirol aus dem Anfängerkurs. Natürlich gab es keinen Treffer. Und wo er schon am Computer saß, schaute er sich auch gleich diesen Michael Kohlhaas an. Nicht den Originaltext, sondern eine Zusammenfassung aus Wikipedia. Kollegin Hilde hatte recht: Die Geschichte klang wirklich sehr nach dem Heimatmaler Godehard Wunderbar. Man sollte ihn im Blick behalten.

ELFTER URLAUBSTAG
Dienstag, 12. August

WETTER

Lebhafter, munterer Westwind, der ein paar vorwitzige Wolken über den Himmel scheucht und bald für klare, stahlblaue Verhältnisse dort oben sorgt.

BESONDERE VORKOMMNISSE

Eine rätselhafte Einbruchsserie beschäftigt die Polizei im Bezirk Völkermarkt. Bei mindestens fünf Häusern werden innerhalb weniger Tage die Kellertüren aufgebrochen. Der oder die Täter verschaffen sich Zugang zum Haus – aber scheinen bis auf ein einziges Mal nie etwas entwendet zu haben. Die Ausnahme bildet eine Doppelhaushälfte in Sankt Kanzian, wo der oder die Täter zwei Gläser Einmachgurken, einen Sack Wäscheklammern und die aktuelle Ausgabe des Playboys entwenden. Die Polizei vermutet eine Mutprobe unter Jugendlichen.

21. Die Verhaftung

Hilde rief an, als Kerschbaumer gerade den Milchschaum aus seinem Frühstückscappuccino löffelte.

»Trevisol dreht durch«, rief die Inspektorin aufgeregt.

»Was ist los?«

»Er hat die beiden Bosnier festgesetzt.«

»Was hat er denn gegen sie in der Hand?«

»Das ist es ja – nichts, rein gar nichts. Sie wurden gestern Abend wegen zu schnellen Fahrens erwischt. Mit neunzig Sachen durch die Tempo-fünfzig-Zone, oben beim Felsenhof. Trevisol ließ das Auto untersuchen und fand Spuren von Haschisch und Kokain.«

»Und?«

»Nichts und, du kennst ihn doch. Hält hier große Reden. *Wer mit neunzig durch eine geschlossene Ortschaft fährt, dem bedeutet das Leben des Einzelnen nichts.* Und: *Wer Drogen nimmt und im Knast war, ist sowieso zu allem fähig.*« Kerschbaumer hörte an ihrer Stimme, wie Hilde die Augen verdrehte.

»Und jetzt?«

»Jetzt hat er am Landesgericht Klagenfurt Untersuchungshaft beantragt. Wegen Fluchtgefahr, Verdunkelungsgefahr und was er nicht sonst noch alles vorgebracht hat. Heute Mittag soll ein Richter darüber entscheiden. Die Bosnier leugnen natürlich alles.«

Nun verdrehte auch Kerschbaumer die Augen. Aus ermittlungstaktischer Sicht gab es nichts Dümmeres, als vorzeitig Verdächtige zu verhaften, egal um was für einen Fall es sich handelte, und das hatte vielerlei Gründe. Der wichtigste war folgender: Man konnte die Bosnier, wenn man wirklich etwas in der Hand hatte, nur mit viel Mühe ein zweites Mal einem Landesrichter vorführen. Die Indizien mussten schon absolut fantastisch sein – also mindestens eine noch aus der Mündung rauchende Pistole in der Hand.

***

Die Gewichte bei Muskelpaket Werner im Ruckizucki Fit unten in Radenthein lenkten Kerschbaumers Gedanken schnell wieder auf den richtigen Pfad: Er hatte ja nichts mit alldem zu tun. Ja, schön, er kannte das Opfer. Aber er hatte schließlich immer noch Urlaub, dachte er in der Beinpresse. Man konnte sich nicht das ganze Elend der Welt zu eigen machen und zu bekämpfen versuchen, oder? Aber dann, als er beim Schulterdrücken keuchte, musste er wieder an Falko denken, und der war schließlich sein Freund. Müsste er sich nicht unterstützend einmischen? Andererseits: Was konnte er schon groß ausrichten? Am Kabelzug versuchte er ein paar Golfschwungbewegungen. Er hatte doch schon viel getan, um die Ermittlungen voranzubringen?

Werner kam anstolziert, die Arme wie immer weit vom Körper abstehend, als hätte jemand Rasierklingen unter seinen Achseln versteckt.

»Herr Chefinspektor, lass doch diesen Blödsinn sein. Fürs Golfen bist noch zu jung.«

Woher Werner bloß wusste, dass er sich neuerdings auf dem Golfplatz herumtrieb? Andererseits: Bad Kleinkirchheim und Radenthein waren eben nicht Wien. Hier wusste jeder alles vom anderen. Auch von den Gästen. *Vor allem* von den Gästen.

***

Die Bosner sind wieder frei, las Kerschbaumer am späten Vormittag auf seinem Handy. Er wunderte sich nicht und machte wie geplant seinen Spaziergang. Ein Hund sprang ihn an, aber wollte nur spielen. Es war ein Border Collie, ein wunderbar flauschiges Exemplar seiner Rasse. Kerschbaumer wurde bei Hunden weich, war er doch mit ihnen aufgewachsen. Er schmuste mit ihm und hoffte insgeheim, dass kein Besitzer auftauchen würde, sodass er ihn mit nach Hause nehmen konnte. Doch da kam schon das Herrchen herangekeucht, ein älterer Mann mit nordrhein-westfälischem Dialekt und herabhängenden Wangen, einem Mops nicht unähnlich, der harsch seinen Fiffi herbeirief. *Fiffi? Ernsthaft?,* fragte sich Kerschbaumer. Die romantische Geschichte von ihm und seinem gefundenen Hund, der ihm aus lauter Liebe zugelaufen war und von dem er in ganz Wien hätte erzählen können, erledigte sich mitleidslos.

Zurück im Hotel las er zunächst ein wenig in einem Krimi, *Maigret und der Weinhändler.* Er war fasziniert davon, dass es im Frankreich der frühen Sechzigerjahre offenbar jeder mit jedem getrieben hatte, ohne dass es irgendjemanden groß gestört hätte. Auch der Mord an dem frauenfressenden Weinhändler wurde, wie Kerschbaumer verwundert feststellte, nicht von einem eifersüchtigen Ehemann, sondern von einem entlassenen Angestellten begangen. Ob das mit dem wilden Herumgemache wirklich so war? Oder ob Georges Simenon, der ja selbst ein ganz großer Vernascher gewesen sein soll, diesen Mythos erst kreiert hatte, der daraufhin in Dutzenden französischen Schwarz-Weiß-Filmen gepflegt und ausgebaut wurde? Die Lektüre erinnerte Kerschbaumer an sein eigenes, doch recht freudloses erotisches Dahinvegetieren seit der Scheidung. Genau genommen war auch davor schon nicht mehr recht viel los gewesen.

Auf jeden Fall flüchtete sich Kerschbaumer gern in Kriminalromane vergangener Zeiten. Als es noch reichte, einem Mordverdächtigen höflich, aber bestimmt zu sagen, dass er nun verhaftet sei und mit auf die Wache kommen müsse. Heute musste man in diesem Fall schon mit bewaffneten Spezialkommandos anrücken, die Stahlhelme und Splitterschutzwesten trugen.

Noch einmal machte er sich auf den Weg runter in den Ort, dieses Mal nahm er nicht den Wanderweg, der direkt zum Bach führte, sondern den gewundenen, aber asphaltierten Maibrunnenweg. Eine holländische Familie, offenbar gerade angekommen, entlud das Auto und transportierte alles nach der Löschkettenmethode in die Ferienwohnung. Ihr Gepäck bestand vor allem aus stabilen Supermarkttaschen von Albert Heijn XL, offenbar randvoll mit Lebensmitteln. Es sah so aus, als hätten sie alle Einkäufe schon in der Heimat getätigt. Aber jeder sollte so urlauben, wie er wollte.

Dann lenkte ihn der Anblick eines Autos ab, das untertourig den Maibrunnenweg hinabfuhr. Es war ein Range Rover Sport, zufällig Kerschbaumers Lieblingsauto, das er sich schon unzählige Male online konfiguriert hatte, natürlich – man wird ja noch träumen dürfen – mit Fünf-Liter-V8-Motor und 575 PS, 22-Zoll-Felgen und der Wagenfarbe mit dem schönen Namen *Santorinschwarz*. Selbstverständlich war man in dieser Ausstattungsvariante nicht weit von dem dreifachen Jahresgehalt des Wiener Chefermittlers entfernt, und sinnvoll war so ein Geschoss in der Wiener Innenstadt auch nicht, doch das war egal: Manchmal musste Kerschbaumer den kleinen Jungen, der noch immer in ihm schlummerte, einfach von der Kette lassen.

Mehr zufällig – er hätte gar nicht so genau hingeschaut, wäre es nicht sein Lieblingsauto gewesen –, sah Kerschbaumer auf dem Fahrersitz des Range Rover Sport in *Portofinoblau* eine Dame sitzen, die Franziska Furter ausgesprochen ähnlich sah. Ein flottes Auto für eine Umweltbewegte, dachte Kerschbaumer noch und verdrängte den Gedanken rasch wieder. Als Kriminaler hatte man so oft mit merkwürdigen Gestalten zu tun, die über allerlei Luxusspielzeug verfügten, dass man sich Neid möglichst abgewöhnen sollte, der inneren Hygiene willen. Kerschbaumer blickte dem Wagen nach. Die Furter hatte ihn nicht gesehen.

Aber dann musste er doch immer wieder daran denken, denn der sportliche Flitzer wollte so gar nicht ins Bild passen. Er telefonierte mit Kollege Moreno, der ihm versprach, ein paar weiterführende Informationen zu Frau Furter zu besorgen.

22. Die Geschichte der Franziska Krackschenbusch

Kerschbaumer hatte eine kurze Siesta gehalten – was doch eigentlich das Beste an jedem Urlaub war, dieses hemmungslose Wegdämmern zu jeder Tageszeit ohne schlechtes Gewissen – und sich dann noch etwas schlaftrunken unten mit dem Laptop in die Hotelbar begeben. Dort ließ er sich von Roman, dem polnischen Barkeeper, einen Schwarztee mit Milch bringen und begann zu lesen.

Moreno hatte einiges über die Vergangenheit von Franziska Furter, geborene Krackschenbusch, ausfindig gemacht. Sie kam im 10. Wiener Gemeindebezirk Favoriten als uneheliches Kind einer Hippie-Astrologin und Edelsteinheilerin zur Welt, die ihren Kunden Bergkristalle und Amethysten auf die Warzen legte und damit gutes Geld verdiente, was wiederum schnell für allerlei Drogen draufging. Mutter und Tochter lebten in einer zugemüllten Zweizimmerwohnung im dritten Stock eines Fünfzigerjahre-Baus, dessen Zustand so erbärmlich war, dass Franziska irgendwann versuchte, die Kakerlaken zwischen den Pizzakartons anhand ihrer Rückenmuster zu unterscheiden, um ihnen Namen geben zu können. Weil sie tagsüber alleine blieb, begann sie zu lesen, was immer sie in die Finger bekam: uralte, wellige Ausgaben der Zeitschrift *Profil,* Zeug von Franz Grillparzer, Rororo-Romane und Reclam-Heftchen. Die Männer, die ihre Mutter besuchen kamen, ignorierte Franziska so gründlich, dass sich die Mutter in ihren seltenen luziden Momenten Sorgen um die Sprache der Tochter machte und diese zu einem Logopäden schleppte. Klar genug war Franziskas Mutter auch, den einen Mann anzuzeigen, der sich an ihrer Tochter vergreifen wollte, woraufhin vieles von ihrer Vergangenheit aktenkundig wurde. Beim Lesen der alten Berichte blieb Kerschbaumer nicht nur einmal der Mund offen stehen. Sein Schwarztee wurde bereits kalt.

Franziskas Rettung war die Schule. Sie schrieb Bestnoten in allen Fächern bis zum Gymnasium, dann wurde die Sir Karl Popper Schule für Hochbegabte auf sie aufmerksam. Sie bestand die Aufnahmeprüfung mit Bravour, aber nach nur einem Schuljahr schmiss man sie wegen zu vieler Fehlstunden wieder raus. Weil ihre Noten immer noch gut waren, ließ sie sich ins Internat Sankt Gilgen am Wolfgangsee verfrachten – der Förderverein zahlte für sie, weil man dringend weibliche Schüler suchte. Dort machte Franziska ihrerseits Erfahrung mit allerlei interessanten bewusstseinserweiternden Mittelchen. Zwei Mal stand sie kurz vor dem Rausschmiss, einmal wegen eines Drogenfundes, einmal, weil sie einem adligen Spross der Esterhazys, der sie dumm angemacht hatte, einen Tennisschläger in die erlauchte Visage schlug. Beide Male wurde sie nicht der Schule verwiesen. Kerschbaumer vermerkte sich dieses kleine Detail.

Dann begann sie zu studieren, aufgrund ihrer exzellenten Noten zunächst Medizin und Humanbiologie, dann Jura und schließlich Pharmazie. Doch sie brach alles ab, handelte sich zwei Vorstrafen ein, verschwand für ein paar Jahre von der Bildfläche und schrieb dann plötzlich einen Gedichtband, dessen verstörendes Gestammel sie in Wiener Künstlerkneipen vortrug. Da niemand etwas verstand, klatschten alle heftig.

Irgendwann verschlug es sie in die Karibik, als Stewardess auf der Luxusjacht Ohana, einem Sechzig-Meter-Schiff, das man für hundertfünfzigtausend Dollar pro Woche mieten konnte, samt seiner acht Angestellten. Dort arbeitete sie für sechs Monate und lernte den niederbayerischen Unternehmer Max-Halifax Furter kennen, der sein Geld mit Autofarben machte – er stellte die Lacke her, die von den großen Autofirmen gekauft wurden, womit wir wieder bei Kerschbaumers Designerfantasien von *Santorinschwarz* und *Portofinoblau* waren.

Dann verlor sich ihre Spur wieder, und irgendwann tauchte sie immer häufiger an Furters Seite auf, denn Max-Halifax war ein Mann, der das Blitzlichtgewitter der roten Teppiche nicht scheute, sondern geradezu suchte. Und das, obwohl er achthundert Millionen Euro schwer war, also zu einer Personengruppe gehörte, die allzu viel Öffentlichkeit aus naheliegenden Gründen eher vermied. Außerdem war er dreißig Jahre älter als die Mittzwanzigerin Franziska, was in diesen Kreisen aber keineswegs als anstößig galt, sondern als völlig normaler Lauf der Welt. Es sei denn, man war Max-Halifax Furters Ex-Frau und saß nun daheim in der Wiener Stadtwohnung über vier Etagen mit zwei Dienstmädchen, einem Koch und drei schwer erziehbaren, voll verwöhnten Kindern zwischen elf und siebzehn Jahren, die sich nicht einmal allein die Schnürsenkel zubinden oder die Nase putzen konnten. Max-Halifax Furter hatte indes für sich und seine Franziska eine Villa am Wörthersee gekauft, ein »Neunhundert-Quadratmeter-Liebesnest« *(Kronen Zeitung)* mit acht Hektar großem Park und »direktem Seezugang« *(Kleine Zeitung)*.

Max-Halifax Furters Ex-Frau hieß Fanny. Sie war eine bildhübsche, sehr blonde Amerikanerin mit langem glattem Haar, das an ihrem schmalen Gesicht bis weit über die Schultern nach unten fiel. Sie war nur etwa zehn Jahre jünger als ihr Ex-Mann. Fannys Schicksal als verlassene Mutter war ein wiederkehrendes Thema in der österreichischen Klatschpresse.

Und auch Franziskas Geschichte hatte alle Ingredienzen für die bunten Spalten: Max-Halifax heiratete das uneheliche Hippie-Kind aus Wien-Favoriten, und auch wenn ihr Kinderwunsch nicht in Erfüllung gehen sollte, schien es eine harmonische Beziehung zu sein. Die Wanderungen in den Bergen, auf die offenbar besonders Franziska bestand, wurden schnell zu einem beliebten Paparazzi-Motiv: *Der Farben-Verführer und seine junge Poetin*.

Und dann passierte es. Es war eine verrückte Geschichte. Sie war fünf Jahre her, und Kerschbaumer konnte sich sogar dunkel daran erinnern. Max-Halifax verunglückte bei einer gemeinsamen Wanderung am Guggenberg in Hermagor. Er stürzte von einem recht einfachen Wanderpfad fünfzig Meter tief in ein Bachbett. Den erschütterten Anruf Franziskas bei der Rettungsleitstelle hatte Kollege Moreno sogar als MP3-File angehängt. Furters Leiche musste per Helikopter aus dem kaum zugänglichen Gebiet geborgen werden. Für eine Aufbahrung eignete sie sich nicht mehr.

»Der perfekte Mord« hatte Kollege Moreno in der Betreffzeile der dazugehörigen E-Mail vermerkt. Tatsächlich waren Unglücksfälle in den Bergen ein Albtraum für jeden Ermittler, denn der tatsächliche Unfallhergang war so gut wie nie aufzuklären. Und wenn jemand seinen

Ehepartner umbringen wollte, dann war eine gemeinsame Wanderung tatsächlich hervorragend geeignet. Aber hatte Morenos Aussage nicht wenigstens ein Fragezeichen verdient?

Nach zweijährigem Tauziehen der beiden renommiertesten Anwaltskanzleien Österreichs erbte also Franziska Furter, geborene Krakschenbusch, die hübsche Summe von achtzig Millionen Euro. Alle warteten darauf, was sie mit dem Geld anstellen würde. Doch es passierte nichts. Gar nichts. Nicht einmal eine klitzekleine Finca auf Mallorca legte sie sich zu. Das Geld schien einfach dumm rumzuliegen, auch ein neuer Mann fand sich nicht an ihrer Seite. Und das Interesse der Klatschpresse erkaltete rasch. Schließlich gab es ja Mausi Lugner und Franz Geisselhofer, Victoria Swarovski und Conchita Wurst.

Nun also war die Achtzig-Millionen-Euro-Poetin ausgerechnet in Bad Kleinkirchheim gelandet. Und protestierte gegen ein Casino. Warum zählte sie nicht in ihrer Wörthersee-Villa ihr Geld? Was wollte sie mit ihren Protesten erreichen? Lag ihr das Seelenheil armer Glücksspieler so sehr am Herzen? Und vielleicht viel wichtiger: Hatte sie damals wirklich einen Mord begangen? Doch dafür gab es nicht die geringsten Indizien. Die Beweislage war so dünn, dass auch die Presse sich nicht recht zu spekulieren traute, außerdem befürchtete man wohl bretthart Klagen der Betroffenen. Mit Franziska Furter war nicht zu spaßen. Der Esterhazy-Spross zum Beispiel hatte ihretwegen bis heute ein leichtes Lispeln.

Doch hier ging es ja um den Mord an Falko Bruchbichler. Und Kerschbaumer konnte beim besten Willen keine wie auch immer geartete Verbindung zwischen ihm und Franziska Furter finden. Ja, sie waren Kontrahenten in dieser Casino-Angelegenheit. Aber wenn das schon als Mordgrund ausreichte, dann ginge es ja zu wie im Wilden Westen, und Kerschbaumer hätte schnell einen bunten Strauß an Verdächtigen beisammen.

23. Eigenartige Freundinnen

Am Abend spazierte Kerschbaumer durch den Ort. Von der Straße aus schaute er in den hell erleuchteten Wintergarten des Landhausstüberls, ob sein Lieblingsplatz hinten in der Ecke besetzt war. Nein, er war leer. Ob er sich trotz gewisser diätetischer Vorsätze, die er immer noch verspürte, nicht doch einen schönen Bauernspieß gönnen sollte?

Während er noch Für und Wider abwog, blieb sein Blick auf der anderen Seite des Wintergartens hängen. Was war das denn für ein seltsames Dreiergespann dort am Tisch? Er kniff die Augen zusammen. Hatte er Visionen? Träumte er vielleicht?

Nein, zweifellos, es war früh am Abend, die Bergspitzen waren mit warmem Augustlicht überzogen, während es unten im Dorf schon ziemlich schattig war. Seine Entdeckung ließ ihm keine andere Wahl – das musste er sich jetzt genauer ansehen.

Er betrat das Landhausstüberl und ließ sich von der Tochter des Besitzers zu seinem Lieblingstisch führen. Als er sich den drei Damen näherte, die er durch die Fensterfront erblickt hatte, verlangsamte er seinen Schritt. Die Pulracher war die Erste, die ihn sah.

»Oh, hallo, Herr Chefinspektor.« Sie winkte freundlich.

Dann drehten sich auch die anderen beiden Damen zu ihm um. Es waren Franziska Furter und Natalina Nadalić-Filipović. Auch sie grüßten arglos, als wäre ihr Beisammensein das Normalste auf der Welt.

Nicht in seinen wildesten Vorstellungen hätte er mit einem freundschaftlichen Abendessen dieser drei so unterschiedlichen Damen gerechnet – die knallharte Karrierefrau Marianne Pulracher, die politikbewegte Franziska Furter und die zwielichtige Natalina Nadalić-Filipović. Welches Bündnis bahnte sich hier wohl an?

Kerschbaumer grüßte ebenso freundlich und setzte sich dann drei Tische weiter mit dem Rücken zu ihnen. Zu hören gab es ohnehin nichts, denn an den Tischen dazwischen waren zwei holländische Großfamilien mit kleinen Kindern untergebracht, deren Eltern eindeutig Anhänger der antiautoritären Erziehung waren. Immer wieder kam eine der kleinen Rotznasen an Kerschbaumers Tisch gelaufen und fragte ihn, wenn er das richtig verstand, was er da las. Er konnte nicht so gut mit kleinen Kindern, und Holländisch war auch nicht gerade sein Fall, also hielt er nur lächelnd den Simenon-Krimi in die Höhe und hoffte, dass man ihn baldmöglichst in Ruhe lassen würde. Und weil die Kinder auf seinem Tisch nichts zum Zerstören fanden, widmeten sie sich bald lohnenderen Objekten, etwa dem alten Bauernschrank, in dem die Bedienungen das Besteck untergebracht hatten. Bis die Eltern endlich eingriffen (in einem, bemerkte Kerschbaumer, äußerst liebevollen Ton), hatte es schon ein paar Male ordentlich gescheppert.

Doch so recht wollte ihm der Bauernspieß heute nicht schmecken. Er überlegte, was ihm eigentlich missfiel, dann endlich wurde ihm klar, was es war: Er mochte dieses Halbherzige nicht. Entweder man musste ermitteln, oder man musste sich aus dem Staub machen. Es gab ja noch andere Orte, an denen man ausspannen konnte. Ganz in der Nähe zum Beispiel, auf der Turracher Höhe, gab es ein Hotel mit einem beheizten Naturteich. Oder vielleicht sollte er ans Meer fahren, nach Grado oder Lignano?

Beim Rausgehen saßen die drei Damen immer noch bei bester Laune zusammen. Am Füllstand der Proseccoflasche erkannte Kerschbaumer, dass es bereits die zweite sein musste. Alle grüßten einander wie gute Bekannte. Als stünde kein Mord im Raum, mit dem jeder auf seine ganz eigene Art und Weise zu tun hatte.

***

Nach dem deftigen Abendessen war das mit der Diät auch schon irgendwie egal. Daher hatte sich Kerschbaumer bei Barkeeper Roman eine Flasche Blaufränkischen geholt und mit aufs Zimmer genommen. Das durfte er sich nun wirklich gönnen, befand er, zumal er im Landhausstüberl lediglich zwei alkoholfreie Weizenbier getrunken hatte. Morgen würde er ganz bestimmt wieder ein paar Extra-Gewichte bei Werner stemmen.

Beim zweiten Glas klickte er auf seinem Laptop herum. Oben rechts auf dem Bildschirm hatte er sich alle Dokumente gesichert, die mit dem Mord zu tun hatten. Eher zufällig landete er bei dem PDF, das das Rendering des Casinos zeigte. Er zog die Karte auf und schaute sich die Lage des geplanten Baus noch einmal an.

Und da erkannte er es.

Es war ganz deutlich.

Nicht nur Godehard Wunderbar würde der Blick versperrt werden. Auch von den geplanten Luxus-Chalets der Marianne Pulracher aus würde man nicht mehr ungestört auf den idyllischen, dünn besiedelten Ein-Straßen-

Ort blicken können, sondern auf das wild geschwungene Dach eines gewaltigen Casinos. Keine sanft abfallende Almwiese mehr, sondern modernste Architektur.

Aber plante sie diese Luxus-Chalets, von denen sie letzten Winter so euphorisch gesprochen hatte, überhaupt noch?

Kerschbaumer sah auf die Uhr, dann auf die Flasche Wein. Es war definitiv schon zu spät, um der Sache auf den Grund zu gehen. Die Plauderei mit der Pulracher würde er nüchtern angehen.

ZWÖLFTER URLAUBSTAG

Mittwoch, 13. August

WETTER

Angenehm warm schon früh am Morgen, ein Hinweis darauf, dass es arg schwül werden wird. Tatsächlich zieht ein Gewitter auf, das sich kurz und heftig über dem Ort entlädt.

BESONDERE VORKOMMNISSE

Eine deutsche Pferdebesitzerin betreibt Mietprellung auf ungewöhnliche Art: Mit ihren 38 Tieren zieht sie quer durch Kärnten, aber wenn es ums Zahlen geht, verschwindet die Frau über Nacht – samt ihrer ganzen Pferdeherde. Nachdem sie lange in Tirol ihr Unwesen getrieben hat, ist sie nun in Kärnten unterwegs. Gestern verschwand sie in der Nähe von Velden. Von ihrer Herde keine Spur.

24. Ein Hotelbesuch

Die Sonnenstrahlen drangen ziemlich aufdringlich durch die Fensterscheiben in die Bar des Pulracher, an der Kerschbaumer sich gerade einen Cappuccino bestellt hatte. Er fragte sich, wie viele der Angestellten wohl noch hier arbeiteten, die er im Zuge der Mordermittlungen im Fall Swetlana Kastelic kennengelernt hatte, aber er erkannte niemanden. Er fragte den Barkeeper, der ihm gerade seinen Kaffee gebracht hatte – die Bezeichnung Cappuccino wäre unangemessen, kam er doch aus einem Automaten und nicht aus einer Siebträgermaschine.

Kerschbaumer erfuhr, dass die meisten vom Winterteam jetzt an den Adriastränden arbeiteten, wo die Saison länger und lukrativer war. Der Sommer in den Bergen werde gemeinhin »mit ganz dünner Personaldecke gefahren«. Was unter anderem deswegen funktionierte, weil die Gäste länger draußen sein konnten und das Spa und die Saunen im Hochsommer seltener besucht wurden. Zudem könne man mit »zünftigen Grillabenden« die Karte, und damit auch die Zahl der Bediensteten, verschlanken, ohne dass es jemanden stören würde.

Kerschbaumer nickte artig zu den Worten des Barkeepers. Und da kam auch schon die Pulracher angerauscht, perfekt gestylt und geschminkt, selbst am frühen Vormittag. Es war immer eine Freude, sie zu sehen – jedenfalls dann, wenn man sie nicht näher kannte. Es donnerte, das Sonnenlicht verschwand.

»Herr Chefinspektor, wie schön, dich hier bei uns zu haben«, flötete sie. »Wie war das Abendessen gestern?«

Die beiden plauderten ein wenig über die kulinarische Landschaft Kärntens. Zugleich orderte die Chefin mit knappen Worten – eigentlich nur mit ein paar scharfen Gesten – einen *richtigen* Cappuccino für Kerschbaumer. Der Barkeeper flitzte los.

»Nur mal so aus Neugier«, begann Kerschbaumer schließlich. »Was ist denn jetzt eigentlich mit den Chalets, die du geplant hattest?«

Die Pulracher wackelte mit dem Kopf. »Noch ist nix fix, aber fast.«

»Würde das Casino da nicht stören? Den Blick ins Tal verstellen und so?«

Für einen Moment verhärtete sich der Mund der Pulracher, der sonst stets ein serviceorientiertes Lächeln zeigte. Doch dann entspannten sich ihre Lippen wieder.

»Na, nicht dass ich noch wegen irgendwas verdächtigt werde«, spottete sie nun.

»Keine Sorge. Ich bin ja nicht mal der Ermittler.«

»Richtig. Nun ja, du kennst mich als Mensch mit klarer Meinung, aber in diesem Fall ist die Angelegenheit tatsächlich etwas komplizierter.«

»Inwiefern?«

»Ein edles Casino wäre zweifellos ein Gewinn für den gehobenen Tourismus, der unserem Hotelstandard entspricht und dem Ort einen zusätzlichen USP geben würde.«

»Sprich: Deine Gäste würden sich freuen«, übersetzte Kerschbaumer.

»Genau. Auch die Chalets würden prima passen. Aber ich muss mir überlegen, ob diese Investition sinnvoll ist, wenn unsere Gäste auf einen Betonklotz blicken. Gerade in der heutigen Zeit geht es unseren Gästen um Nachhaltigkeit und Naturverbundenheit. Eins sein mit der Umgebung, verstehst du. Da wäre so ein Casino vor der Nase unschön.«

»Ein Casino ist gut, aber nicht vor deiner Tür?«

»Ganz genau.«

Draußen blitzte es. Ein Gewitter am Vormittag war eine meteorologische Seltenheit.

»Und das Treffen mit Nadalić-Filipović gestern Abend?«, stocherte Kerschbaumer weiter.

»Man muss seine möglichen Feinde näher bei sich haben als seine Freunde – altes Indianersprichwort«, erwiderte die Hotelchefin mit vielsagendem Blick.

»Die Indianer, soso.«

Der richtige Cappuccino kam. Kerschbaumer genoss den ersten Schluck, bevor er fortfuhr. »Was es vermutlich so kompliziert für euch Hoteliers macht – es gibt in der Casino-Frage keinen Kompromiss. Entweder es wird gebaut oder es wird nicht gebaut.«

»Du wirst lachen, aber ich bemühe mich tatsächlich um einen Kompromiss.«

»Ach? Und wie sieht der aus?«

»Ich habe vorgeschlagen, das Dach komplett zu begrünen, sodass es sich harmonischer in die Landschaft einfügt. Allerdings würde dann das Genehmigungsverfahren noch einmal von vorn beginnen, und eine Verzögerung um eine weitere Saison will die Austria Glück & Trumpf um jeden Preis vermeiden.«

»Interessant. Was sagt denn die Furter dazu?«, erkundigte sich der Wiener.

»Die will das Casino überhaupt nicht. Ob mit oder ohne grünes Dach. Die ist da ganz stur. Wie heißt es so schön? Es gibt Leute, die gehen mit dem Kopf durch die Wand, weil sie keine Tür gesucht haben.«

Offenbar hatte die Pulracher heute ein Zitatelexikon gefrühstückt.

»Und Nadalić-Filipović?«

»Die hat keine eigene Meinung. Sie ist unsere Botin zu den Oberen.«

Wenn du dich da in deinem hübschen Köpfchen mal nicht ganz arg täuschst, dachte Kerschbaumer.

25. Das Problem des Architekten

Die Qualität des Cappuccinos in der Greisslerei ließ sich daran ermessen, dass er schmeckte, obwohl Kerschbaumers Koffeinspiegel schon längst das übliche Wohlfühlniveau erreicht hatte und er normalerweise nie mehr als einen Kaffee am Vormittag und einen am Nachmittag trank. Aber wie konnte man diesem hier widerstehen? Er glitt so sanft die Kehle hinab, dass er gar nicht wie üblicher Kaffee schmeckte, ohne jede Bitternote, sondern eher nussig-schokoladig.

Hilde und Feiersinger hatten ihre Kaffeepause so gelegt, dass sie ihm in der Greisslerei Gesellschaft leisten konnten, was Kerschbaumer freute. Die drei saßen in den tiefen Sesseln und schlürften genussvoll. Das Gewitter hatte sich verzogen, nicht aber der Regen, der gegen die Scheiben prasselte und beinahe wie knisterndes Kaminfeuer klang.

»Die Bosnier sind wieder auf freiem Fuß, müssen sich aber für weitere Befragungen zur Verfügung halten«, berichtete Hilde. »Sie bleiben vorerst in BKK.«

»Das war abzusehen.« Kerschbaumer erzählte seinerseits von dem Treffen der drei Damen am Vorabend, vom Gespräch mit der Pulracher und auch vom Heimatmaler Godehard Wunderbar.

Bevor Hilde etwas erwidern konnte, klingelte ihr Handy. Trevisol rief an. Nach ein paar schnellen Wortwechseln beendete sie das Gespräch und sprang auf.

»Wir müssen zum Architekten!«, erklärte sie ohne Umschweife. »Sofort!«

»Zum Niederreiter? Was ist passiert?«, fragte Kerschbaumer überrascht.

Hilde machte nur eine Kopfbewegung, die Kerschbaumer als Einladung auffasste, mitzukommen.

***

Lukas Niederreiter wohnte im Trattlerhof, einem romantisch gelegenen Vier-Sterne-Hotel am Ortseingang mit eigener Pferdekoppel. Was Kerschbaumer sofort an seine Ex-Frau erinnerte, die viele Jahre des gemeinsamen Lebens bevorzugt mit ihrem Pferd verbracht hatte (nicht mit dem Reitlehrer – die waren nämlich alle weiblich, wie er sich erkundigt hatte, um nicht auf der falschen Seite eines der ältesten Beziehungsklischees der Geschichte zu landen).

Chefinspektor Trevisol war schon in Niederreiters Zimmer. Kerschbaumer beschloss, vorsichtshalber in die Rolle des stillen Beobachters zu schlüpfen. Als Trevisol den Wiener Konkurrenten erblickte, sagte er aber rätselhafterweise nichts. Niederreiter saß vornübergebeugt in einem Sessel, blickte zu Boden und hatte seine dünnen Finger im Haar vergraben. Er trug einen Bademantel und die Stoffschlappen mit dem Hotellogo auf dem Spann. Trevisol stand vor ihm wie ein Lehrer.

Vor Niederreiters Füßen lag ein Päckchen, aus dem ein eigenartiger Geruch emporstieg. Kerschbaumer stellte sich auf die Zehenspitzen, um den Inhalt erkennen zu können. Halb ausgewickelt lag da ein totes Tier. Eine Ratte. *Hui, wie in einem Mafiafilm,* schoss Kerschbaumer durch den Kopf.

»Normalerweise würde ich so was ja als Scherz begreifen«, sagte der Architekt in seiner schnellen, hohen Sprechweise. »Die Sache ist bloß, dass schon ein Mann erschossen wurde.«

»Wir verstehen Ihre Sorge natürlich«, beruhigte ihn Trevisol, »aber …«

»Nichts aber … Der Absender wusste, wo er mich finden würde!«, unterbrach ihn Niederreiter aufgebracht.

»Das ist in einem Ort wie Bad Kleinkirchheim auch nicht so schwierig herauszufinden …«, sagte Hilde.

Niederreiter sprang auf, von einem Entschluss durchdrungen. »Kann ich Polizeischutz bekommen? Vielleicht eine Person vor der Tür, und eine unten vor dem Fenster? Ja, das würde mich beruhigen.«

Er hatte eindeutig zu viele Spielfilme gesehen.

»Das ist unmöglich, dazu reichen unsere Kapazitäten niemals aus«, rechnete Zahlenmann Feiersinger erbarmungslos vor, »bei fünfundvierzig Mannstunden pro Woche …«

»Wir werden uns darum kümmern, die polizeiliche Präsenz rund um den Trattlerhof zu verstärken«, ergriff Hilde das Kommunikationsruder, um das Gespräch in geschmeidigeres Fahrwasser zu manövrieren. Niederreiter ließ sich ein klein wenig beruhigt in den Sessel zurückfallen.

»Was ist mit einer Waffe?«, unternahm er einen neuen Anlauf.

»Was für eine Waffe?«, fragte Trevisol.

»Na, um mich selbst schützen zu können.«

Trevisol senkte seine Stimme und begann mit Niederreiter zu sprechen wie mit einem kleinen Kind, wobei er in diesem Fall alles richtig machte, dachte Kerschbaumer.

Denn der Architekt und Bauleiter war so verwirrt, dass seine intellektuelle Aufnahmefähigkeit auf ein Minimum herabgedimmt war. Also erklärte Trevisol mit einfachen Worten, dass der erste Schritt zu einer Waffe eine Waffenbesitzkarte sei, die nur äußerst schwierig zu bekommen wäre. Er wolle nicht ausschließen, dass der Architekt alle Bedingungen dafür erfüllen würde, doch so ein Antrag könne Jahre dauern. Dafür seien zahlreiche Tests, ein psychologisches Gutachten und ein Nachweis über den sachgemäßen Umgang nötig. Letzterer würde wiederum eine gründliche und zeitraubende Unterweisung an der Waffe voraussetzen. Zudem bedeute eine *Waffenbesitzkarte* noch nicht, dass man seine Waffe auch auf Reisen, also beispielsweise hier im Hotel, mit sich führen dürfe, dafür bräuchte man dann einen *Waffenpass*. Und dieser Waffenpass sei für Privatpersonen so gut wie unmöglich zu bekommen, ungeachtet ihrer vermeintlichen oder tatsächlichen Gefährdungslage.

»Hier im Hotel sind Sie sicher«, beruhigte ihn Hilde Hofgärtner. »Dieses Päckchen da – das ist sicher von jemandem, der zu deppert war, Ihnen ein paar beleidigende Sätze auf Facebook zu schreiben.«

»Nehmen Sie es mit? Als Beweisstück?«, fragte Niederreiter fast flehend.

Feiersinger seufzte, holte Plastikhandschuhe und eine kleine Tüte hervor und machte sich an die Arbeit, während Hilde noch ein paar Routinefragen stellte. Das Päckchen war heute Morgen mit der Post an der Rezeption angekommen, wo man es Niederreiter nach dem Frühstück überreicht hatte.

Da wird sich Kriechnitz aber freuen, dachte Kerschbaumer, als Feiersinger mit seiner Beweissicherung fertig war.

Ganz beruhigen konnten sie den Architekten und Bauleiter nicht. Als sie das Hotelzimmer verließen, warf Kerschbaumer noch einen schnellen Blick in den Papierkorb. Dort lagen jede Menge kleiner bunter Flaschen aus der Minibar, die einst Hochprozentiges enthalten hatten.

Draußen sah Kerschbaumer zu, sich zügig zu Fuß davonzumachen, um Trevisols obligatorischer Standpauke zu entgehen. Und tatsächlich: Als der örtliche Chefinspektor gerade Luft geholt hatte, war der urlaubende Chefinspektor schon um die Ecke verschwunden.

26. Eine Begegnung mit dem Bürgermeister

Nach dem unangenehmen Geruchserlebnis im Trattlerhof kam Kerschbaumer ein kleiner Fußmarsch gerade recht. Außerdem waren Spaziergänge nach einem Gewitter besonders schön. Die kühle, noch leicht feuchte Luft, die durch die Baumkronen dringenden Sonnenstrahlen, das goldene Licht, in dem er allerlei Teilchen und kleine Lebewesen umhertanzen sah – das alles war wie ein Zauber, der über dem Weg am Wald lag. Irgendwo knatterte eine Motorsäge, in der Entfernung hupte ein Auto – aber ansonsten war Kerschbaumer so nah an der Natur, dass es für einen Wiener geradezu überwältigend wirkte.

Außerdem eignete sich ein Spaziergang gut, um klare Gedanken zu fassen, und das war in diesem rätselhaften Fall auch dringend notwendig. Welches Spiel spielte Franziska Furter? Sie war eindeutig das große Fragezeichen in diesem Fall. Natürlich war sie gegen das Casino, keine Frage – aber was waren tatsächlich ihre Motive? Der Pulracher ging es um ihr Hotel, und sie musste eine wichtige Investitionsentscheidung abwägen. Natalina lief dem Geld hinterher, der Heimatmaler war ein typischer Fanatiker – und möglicherweise gefährlicher, als man vermuten mochte. Aber das größte Rätsel war für Kerschbaumer die Furter. Eine der reichsten Frauen Kärntens dreht durch, weil ein Spielcasino in einem Kurort gebaut wird? Müsste sie sich nicht, wenn überhaupt, auf viel höheren Ebenen engagieren, um den Bau zu verhindern?

War einer von ihnen für das anonyme Packerl an den Niederreiter verantwortlich, oder kam es doch von einem der vielen Protestierenden? Möglicherweise würde ja die Spurensicherung ein paar interessante Dinge finden.

Dann wurde Kerschbaumer plötzlich aus seinen Gedanken gerissen.

»Ah, der Herr Chefinspektor aus Wien«, rief ihm ein Mann, der schnellen Schrittes auf ihn zukam, schon von Weitem entgegen.

Es war Bürgermeister Rudolf Oberhuber, von allen im Ort nur Rudi gerufen. Kerschbaumer erkannte ihn gleich an seiner rot gerahmten Brille, die für etwas Farbe und Pfiff in dem ansonsten wenig bemerkenswerten Gesicht sorgte.

Er blieb stehen und schnaufte aus. »Hat mir mein Arzt verordnet. Zu hoher Blutdruck, zu viel Cholesterin. Aber wenn ich Sie sehe, steigt mein Blutdruck gleich wieder.« Es war nicht ganz klar, ob Rudi das im Ernst oder im Spaß gesagt hatte. Kerschbaumer verzog vorsichtshalber den Mund zu einem gequälten Lächeln, das viele Interpretationen offenließ.

»Na, zwei Mal kommen's daher, und zwei Mal passiert ein Mord«, frotzelte Rudi. »Ich sollte Ihnen Aufenthaltsverbot erteilen.«

»Ja, vielleicht sollte ich lieber daheimbleiben«, befand Kerschbaumer verständnisvoll.

»Haben Sie denn eine Theorie, wer das war?«

Kerschbaumer hob abwehrend die Hände. »Sie wissen ja, ich bin nur im Urlaub hier. Kollege Trevisol …«

Rudi winkte ab. »Der Trevisol, der Trevisol ... Der kann den Falschparkern ein paar Strafzettel unter den Scheibenwischer heften. Mord, das ist doch was für euch Großstädter. Also?«

»Wirklich, ich kann …«

»Schauen S', es ist doch so. Wenn ich in einem anderen Ort bin, dann überlege ich mir immer gleich: *Was würdest du hier als Bürgermeister anders machen?* Das nennt sich *déformation professionelle,* glaube ich. Und so geht es Ihnen doch bestimmt auch. Nachher kommt das Fernsehen zu mir, macht Aufnahmen. Können Sie mir nicht ein paar Informationen geben? Ich sag auch nix weiter.«

»Tut mir leid – Urlaub, wie ich schon sagte. Ihr Ansprechpartner ist und bleibt Kollege Trevisol.«

Oberhuber verzog missmutig das Gesicht. »Ach, der Kerl. Der will mir doch überhaupt nichts sagen. Und wenn er was sagt, dann ist es überhaupt nicht zu gebrauchen.«

»Dann, fürchte ich, müssen Sie die Leute vom Fernsehen einfach hinhalten.«

»Hinhalten ist nicht meine Taktik. Als Politiker muss man ein Macher sein, verstehen S', Kerschbaumer?«

Der Wiener zuckte die Achseln und murmelte rasch einen Abschiedsgruß.

27. Auf Knien im See

Das Strandbad am Afritzer See hatte einen ganz besonderen Retro-Charme. Hier war es 1961 und 2021 zugleich. Die Sonne schien prächtig, den Himmel trübte keine Wolke. Das bisschen sizilianische Blut in ihm hatte sich gegen jeden Südtiroler und norddeutschen Einfluss durchgesetzt, sodass Kerschbaumer keinen Sonnenschirm und keine Creme brauchte. Gerade als er nach vierzig Seiten Georges Simenon in einen angenehmen, nach frischem Baguette und rauchenden Tatwaffen duftenden Dämmerschlaf fiel, füllte sich wie auf einen Schlag die Liegewiese, und Kerschbaumer wurde jäh aus allen Träumen gerissen.

Neben ihm machte sich eine Familie aus dem Ruhrgebiet breit. Nein, es waren zwei Familien mit zwei sehr runden Familienoberhäuptern, die beide mit Kühltaschen ausgestattet waren und sich noch während des sehr professionellen Aufbauens ihrer Liegestätten munter daraus bedienten. Außerdem hatten sie eine beunruhigende Anzahl aufgekratzter Kinder dabei, die sich derzeit noch blendend verstanden und glucksend herumscherzten, aber vermutlich in kürzester Zeit wegen irgendeines Lutschers mit allen verfügbaren Spielzeugen aufeinander einschlagen würden.

Kerschbaumer war lange nicht mehr unter Leuten gewesen, denn nach der Scheidung waren auch seine sozialen Kontakte abgerissen. Seine beiden besten Freunde aus Schulzeiten hatten Wien längst verlassen, der eine malte Fischerboote in Grado, der andere hatte Karriere bei Interpol gemacht und war inzwischen in der Lyoner Zentrale. Die neuen Freunde, die waren alle über seine Ex-Frau gekommen und nun verschwunden, wie in einem anderen Universum. Es war nicht einfach, mit Mitte vierzig noch mal von vorn anzufangen.

Also beschloss er, die Dinge leicht zu nehmen. Er lächelte sogar, als ihn ein Fußball in der Nierengegend traf. Der Übeltäter, ein Siebenjähriger mit Zahnlücke, hatte den vermutlich härtesten Schuss seines Lebens abgegeben, und ausgerechnet der hatte den Wiener Chefinspektor lateral getroffen.

Die beiden Ruhrpott-Familienoberhäupter waren inzwischen beim dritten Bier, dabei war es gerade einmal 15 Uhr. Kerschbaumer bewunderte sie, diese völlige Verachtung aller gesellschaftlichen Normen. Eine Hummel brummte herum, verzog sich dann aber wieder. Es roch nach Zigaretten, Sonnenmilch und Schinkenbroten. Der Boden war noch ein bisschen feucht vom Regen am Vormittag.

Ein mittelalter Mann allein am Badesee zog zwangsläufig eigenartige Blicke auf sich, aber Kerschbaumer konnte sich ja schlecht bei jedem einzelnen Badegast mit den Worten vorstellen: *Keine Sorge, ich bin Chefinspektor der Wiener Polizei und niemand, der heimlich Ihre Kinder fotografiert, um Bilder ins Netz zu stellen. Und ich bin auch nur deshalb allein, weil ich mich im letzten Jahr habe scheiden lassen.* Kerschbaumer musste also wohl oder übel mit diesen Blicken leben.

Vor allem aber musste er erst einmal an sich und seinen Bauch denken, der abtrainiert werden wollte. Also begab er sich zum Strandkiosk und fragte nach einem

SUP. Denn das sah doch ganz spaßig aus, und braun wurde man auch noch dabei.

Ein sehr alter Herr, der in dem dunklen Verschlag saß, legte die Hand ans Ohr.

»Supp? Was soll das sein?«

»Na, diese, äh, Surfbretter, auf denen man stehen kann.«

»Ein Boot, auf dem man stehen kann?«

»Äh, ja.«

Der alte Mann fuhr sich verwirrt durch den verbliebenen Haarkranz.

»Also, so etwas haben wir nicht. Da hinten, unsere Ruderboote, acht Euro pro …«

»Ich habe eins«, murmelte eine Stimme hinter ihm.

Es war einer der Ruhrpottler, die neben ihm auf der Wiese lagen. Er war gekommen, um eine Runde Eis für den Nachwuchs zu kaufen.

»Oh, könnte ich ...«

»Na klar, mein Junge. Keine Scheu.«

Der Ruhrpottler half ihm sogar beim Aufpumpen, nachdem er das Eis abgeliefert hatte, was ein echter Stress war, trotz Profipumpe.

»Da muss ordentlich Dampf auf den Kessel«, lachte der Ruhrpottler. »Acht Atü, wie beim Autoreifen.«

Sie wechselten sich mit Pumpen ab, und wann immer Kerschbaumer dran war, feuerte ihn der Dicke begeistert und etwas zu laut an. »Komm schon, da geht noch mehr.« Inzwischen waren sie die Sensation dieses trägen sommerlichen Nachmittags.

Schließlich schob Kerschbaumer, durch das Pumpen muskulär ordnungsgemäß aufgewärmt, sein SUP ins Wasser des Afritzer Sees – jenes anderthalb Kilometer lange und dreihundertfünfzig Meter breite Gewässer, das nur durch einen Felssturz vor ein paar Millionen Jahren von dem nahen Feldsee abgetrennt worden war. Ganz schön kühl war der See, und das Mitte August. Noch ein guter Grund, nicht ins Wasser zu fallen. Zumal ihn die beiden Familien freudig winkend vom Ufer aus beobachteten.

Kerschbaumer tat, was ihm der Ruhrpottler empfohlen hatte – erst einmal auf Knien anfangen und dann langsam genau mittig auf dem Board hochkommen. Rudern mit dem Gefühl, sich selbst zum Ruder zu ziehen und nicht umgekehrt. Auch den richtigen Griff hatte er ihm gezeigt, vor allem die Kuriosität, dass das konvexe Ende zu ihm zeigen musste, also nicht wie bei einem herkömmlichen Bootsruder.

Okay, auf Knien ging das Ganze leicht. Er paddelte entspannt in Richtung Seemitte, weit genug weg von den Blicken.

Dann versuchte er, sich aufzurichten. Und die Welt geriet ins Wanken. Und er plumpste gleich wieder zurück aufs Board. Gerade so war er nicht im Wasser gelandet.

Das würde er nie schaffen. Kerschbaumer sah sich schon so lange auf dem See kreisen, bis es dunkel genug geworden war, um ohne Schimpf und Schande in der Kniehaltung zurück ans Ufer zu paddeln. Er versuchte es noch einmal. Wieder verhinderte er nur mit Mühe einen schmachvollen Sturz. Nein, an Stehen war überhaupt nicht zu denken. Was nun?

Zwei fröhliche Jungs zogen auf ihren SUPs an ihm vorbei und winkten. »Ganz weich in den Knien bleiben«, riet einer und machte es vor, indem er hoch und runter wippte. Eine solche Leistung schien Kerschbaumer derzeit so utopisch wie ein Kunststück am Trapez im Cirque du Soleil. Und was war überhaupt, wenn er ins Wasser fiel – käme er je wieder zurück aufs Board? Das hätte er vielleicht vorher einmal üben sollen.

Doch dann versuchte er es noch einmal. Und blieb tatsächlich stehen. Aber er musste sich so sehr anstrengen, dass seine Oberschenkel ordentlich zu zittern begannen. Er wirkte wie ein junger Hund beim großen Geschäft. Ein Schweißtropfen hing an seiner Nasenspitze, aber Kerschbaumer wagte es nicht, ihn fortzuwischen, denn schon die kleinste Bewegung könnte ihn das mühsam gehaltene Gleichgewicht kosten. Langsam begann er mit den ersten Rudermanövern. Überrascht stellte er fest, dass das Ruder im Wasser eine gewisse Stabilität garantierte. Aber er wagte es nicht, umzugreifen, sodass er nur auf einer Seite rudern konnte. Und da ein SUP-Board im Gegensatz zu einer venezianischen Gondel nicht asymmetrisch konstruiert war, um einseitiges Ruderns zu ermöglichen, drehte Kerschbaumer erhabene Kreise auf dem See.

Es gab zwar noch einige kritische Momente zu überstehen, aber er blieb oben. Und irgendwann klappte es dann auch mit dem Umgreifen, sodass er es wieder zurück ans Ufer schaffte.

Eine Stunde in Werners Ruckizucki Fit war nichts dagegen. Er konnte sich kaum auf den Beinen halten, aber er holte als Dankeschön eine Runde Bier für die Ruhrpottler (die Kühltaschen waren inzwischen leer). Dann legte er sich erschöpft auf sein Handtuch und schloss die Augen.

28. Papa!

Nach einer Minute wachte er wieder auf – oder war es eine Stunde gewesen? So genau wusste Kerschbaumer das nicht. Er hatte offenbar tatsächlich geschlafen. Die ersten Sekunden musste er sich kurz orientieren – er lag noch immer auf einer Wiese in der Badeanstalt am Afritzsee. Etwas durcheinander blickte er sich um. Ob er geschnarcht hatte? Aber niemand beachtete ihn, er schien sich also anständig und rücksichtsvoll verhalten zu haben. Auch die Ruhrpottler hatten sich in einen seligen Halbschlaf getrunken, während die Kinder an ihren Handys klebten.

Dann lag plötzlich ein Schatten über seinem Bauch. Von rechts hatten sich ihm zwei Menschen genähert und waren neben ihm stehen geblieben. Da ihm die Sonne direkt ins Gesicht schien, erkannte Kerschbaumer zunächst gar nichts.

»Herr Chefinspektor?«

Er richtete sich auf und sah nun klarer.

Es war ein wunderliches Bild: Eine sehr schöne Frau stand vor ihm, in einem farbenfrohen Missoni-Strandkleid, unter dem sich ihr Bikini abzeichnete. Es war kaum möglich, den Bikini nicht zu sehen, da die tief stehende Nachmittagssonne den feinen Stoff des Kleides regelrecht durchleuchtete. Missoni – diese Marke kannte Kerschbaumer nur zu gut, der gemeinsame Ehe-Kleiderschrank hatte einst zu zwei Dritteln aus Kleidern dieser Marke bestanden. Die Frau hatte blonde, gelockte Haare, die ihr fast bis zur Hüfte reichten, eine kleine spitze Nase und schmale, dezent geschminkte Lippen. Ihre Augen wirkten ungewöhnlich groß.

Neben ihr stand ein junges Mädchen, vielleicht zwölf, höchstens vierzehn Jahre alt, noch sehr knabenhaft. Sie trug einen eher zweckmäßigen Badeanzug. Die beiden hielten einander an der Hand. Die Kleine sah der Frau sehr ähnlich und strahlte Kerschbaumer freudig an. Und dann passierte etwas Kurioses.

»Papa!«, sagte die Kleine auf einmal laut.

Kerschbaumer erschrak. Nicht dass er je ein Playboy gewesen wäre, aber vor zwölf Jahren, da war er noch nicht verheiratet gewesen, und sicher hatte es ein, zwei Affärchen gegeben.

»Äh, ich glaube nicht …«, stammelte er.

Die Mutter verdrehte die Augen und zog ihre Tochter am Arm. »Larissa! Du sollst doch nicht immer Papa sagen. Entschuldigen Sie, mein Name ist Cornelia Koblinger. Ich komme aus Bad Kleinkirchheim.« Sie zeigte mit einer etwas verlegenen Geste in die Richtung des Urlaubsortes. »Nennen Sie mich Conny.«

Kerschbaumer war aufgestanden und hatte sich sein Hemd übergestreift. Es war doch etwas seltsam, in der Badehose vor zwei fremden Frauen zu sitzen, von denen die eine ihm auch noch enge verwandtschaftliche Beziehungen unterstellte.

»Hallo, Conny – äh, kennen wir uns denn?« Tatsächlich kamen ihm beide Frauen bekannt vor.

»Papa«, wiederholte die Tochter.

»Jetzt hör aber auf«, zischte Conny Koblinger. »Sie müssen entschuldigen, sie nennt jeden Mann Papa.«

Kerschbaumer betrachtete die Kleine genauer. Wo hatte er sie nur schon einmal gesehen?

»Wissen Sie, das Schwimmen tut meiner Tochter gut. Allzu viel anderen Sport kann sie nicht machen, sie sieht nicht sehr viel.«

Kerschbaumer, der Larissa nun genauer betrachtete, bemerkte einen milchigen Schimmer auf ihren Augen, die irgendwie unterschiedlich groß wirkten. Sie sah ihn auch nicht richtig an, sondern mehr durch ihn hindurch, als hätte ihr Blick keinen Fokus. Ansonsten ein hübsches Mädchen, wie die Mutter. Kerschbaumer blickte sie an und fühlte sich aus unerklärlichen Gründen unwohl.

»Ja, äh, dann wünsche ich Ihnen einen schönen Badetag. Oder darf ich Ihnen vielleicht einen Kaffee …« Was genau wollte die Frau bloß von ihm?

»Ach, das hätte ich fast vergessen …«, sie schüttelte den Kopf, als wolle sie sich für ihre eigene Fahrigkeit entschuldigen. »Ich weiß, dass Sie in dem Fall des Erschossenen ermitteln, oder? Ich erinnere mich noch an Sie und den Fall im Winter, als Sie …«

»Nein, das ist nicht ganz korrekt«, stellte Kerschbaumer vorsorglich klar, bevor die Frau zu Ende sprechen konnte.

»Wissen Sie, ich bin so eine Art Hobbydetektivin. Also, ich interessiere mich sehr für die beiden Fälle.« Sie nickte ihrer Tochter zu. »Ich komme ja nicht so oft raus, da bin ich halt daheim und lese viel. Gibt es denn schon eine Spur in dem neuen Fall?«

»Also, das weiß ich nicht genau, denn ich bin überhaupt nicht in die Ermittlungen involviert. Ich bin, wie Sie sehen, wirklich nur im Urlaub hier.«

Um sich aus der kommunikativen Umklammerung zu lösen, bot Kerschbaumer den beiden noch einmal einen Kaffee oder ein Eis an.

Conny sagte fröhlich zu, und Tochter Larissa sagte noch ein paarmal »*Papa*«. Dann bekamen beide ihr Eis und Kerschbaumer einen Kaffee. Larissa schleckte mit einem so unbändig glücklichen Gesicht an ihrem Eis, dass Kerschbaumer ganz gerührt war.

»Sie hat kein Gefühl für die zeitliche Einordnung von Sinnesempfindungen«, erklärte die Mama. »Jedes Eis ist für sie das erste ihres Lebens.«

Das, fand Kerschbaumer, war dann doch irgendwie beneidenswert.

»Und Sie haben wirklich nichts mit dem Fall zu tun?«, versuchte Conny es erneut.

»Wirklich nicht.«

»Aber haben Sie, so ganz privat, einen Verdacht?«

»Nein, ich überlasse alles den tüchtigen Kollegen vor Ort«, log Kerschbaumer.

»Im Fernsehen sind Ermittler ja nie im Urlaub«, zeigte sich Conny enttäuscht.

»Im Fernsehen finden Ermittler auch immer sofort einen Parkplatz in der Großstadt. Im Fernsehen erkennen Ermittler mit einem einzigen Blick in den Rückspiegel, ob ihnen ein Auto folgt. Und wenn Ermittler an der Tür klingeln, macht nach drei Sekunden jemand auf.«

Conny lächelte. »Und die Guten gewinnen am Ende immer.«

***

Am Abend machte Kerschbaumer den Fehler, auf ORF Kärnten zu schalten. Dort sah er Rudolf Oberhuber in seiner ganzen politischen Pracht. Die rote Brille funkelte wie frisch gewienert.

»Wir werden das Menschenmögliche tun, um diesen Mord aufzuklären, der, wenn ich das erwähnen darf, ja weder Einheimische noch einen unserer geschätzten Touristen getroffen hat, sondern einen Menschen, der sich zwecks seiner Geschäfte in unserem schönen Ort aufgehalten hat.«

Kerschbaumer sah das Desaster bereits heranrücken wie eine neuerliche Gewitterwand, aber er konnte die Augen nicht vom Bildschirm abwenden.

»Und deswegen habe ich einen Spezialisten aus Wien angefordert, einen international anerkannten Experten in der Aufklärung schwerer Verbrechen, der mir erst heute wieder versichert hat, dass die Spur heiß ist und der Fall vor einem baldigen Abschluss steht – und dass sowohl die Einheimischen wie auch die Touristen nichts, aber auch gar nichts zu befürchten haben.«

Kerschbaumer hechtete zu seinem Handy und stellte es von »stumm« auf »aus«, um gar nicht erst aufs Display schauen zu müssen, doch es war zu spät – Trevisol hatte bereits angerufen, und soeben versuchte es Lutz-Heiko Heil, Kärntens Polizeipräsident, der Sebastian Kurz so verblüffend ähnlich sah.

Nein, Aufregung und Ärger konnte er jetzt gar nicht gebrauchen. Kerschbaumer wollte am heutigen Tag eigentlich keinen Alkohol trinken. Doch nun stürzte er zur Minibar, um sich seine 0,375-Flasche Zweigelt zu sichern, die er mit Wut und Schwung so heftig entkorkte, dass ein wertvoller Schluck auf den Teppich schwappte.

DREIZEHNTER URLAUBSTAG

Donnerstag, 14. August

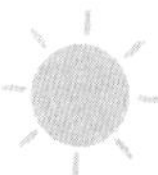

WETTER

Es ist eine regnerische Nacht. Am Morgen tut das Wetter aber so, als sei nix gewesen, und lockt die Urlauber mit viel Sonne vor die Hoteltüren, in die Außenpools und auf die Wanderwege. Durch die nächtliche Feuchtigkeit wird der Tag recht schwül.

BESONDERE VORKOMMNISSE

Prozessauftakt am Landesgericht Klagenfurt gegen einen betrügerischen Arzt, der einem gutgläubigen Ehepaar, das inzwischen verstorben ist, zwei Millionen Euro aus der Tasche gezogen haben soll, angeblich für ein bahnbrechendes Gesundheitsprojekt gegen Diabetes, Depressionen und Krampfadern in Dubai, was darüber hinaus Renditen von 100 Prozent pro Jahr versprach.

29. Politische Ambitionen

Am nächsten Morgen war das Unwetter nicht mehr aufzuhalten. Eigentlich war es ein Ein-Mann-Gewitter, und es trug den Namen Trevisol. Er stürmte persönlich ins Hotel und zog den Wiener Kollegen von seinem Morgenkaffee in eine stille Ecke an der Bar. Es war erst acht Uhr, und Kerschbaumer war noch zu unterkoffeiniert, um sich ernsthaft streiten zu wollen.

»Haben Sie wirklich mit diesem Kretin von Bürgermeister gesprochen?«, zischelte Trevisol, der versuchte, leise und wütend zugleich zu klingen.

»Ja, aber ich habe ihm nichts gesagt. Überhaupt nichts. Ich bin doch nicht dämlich.«

»Das klang im Fernsehen aber ganz anders. Menschenskind, Kerschbaumer, ich war kurz davor, Sie einfach mitermitteln zu lassen, aber so …«

Nun wurde es dem Wiener zu bunt. »Kommen S', wir fahren jetzt zum Bürgermeister.«

Trevisol reagierte verblüfft, aber dann nickte er.

***

»Na, wissen S', so ist die Politik«, erklärte Rudi Oberhuber wenig später in seinem unschönen, nach alten Akten müffelnden Büro und breitete die Arme aus wie Marlon Brando in *Der Pate*. »Wir müssen die Menschen beruhigen, den Tourismus ankurbeln. Da ist so ein ungeklärter Mord einfach nicht opportun, das verstehen S' doch?«

Wie Luca Brasi stand sein wuchtiger, stets hungriger Stellvertreter namens Herbert Münster mit verschränkten Armen hinter ihm, als wäre er bereit, im Zweifel alles kurz und klein zu schlagen. All das sah so komisch aus, dass Kerschbaumer schmunzeln musste.

»Aber mussten Sie den Wiener bei der ganzen Sache erwähnen?« Trevisols Wutbataillone wurden nun von der Kerschbaumer-Front abgezogen und gegen den Bürgermeister geschickt. »Wir haben ausreichend fähige Ermittler vor Ort, die den Fall schon lösen werden!«

»Ich habe doch seinen Namen überhaupt nicht genannt!«

»Ach, hören Sie auf, Oberhuber, jeder Depp weiß doch, dass Sie ihn gemeint haben.«

»Na, wenn das so ist«, wandte sich Oberhuber frech an Kerschbaumer, »dann müssen Sie sich jetzt wohl tatsächlich anstrengen, um Ihren Ruf nicht zu gefährden.«

»Ich habe doch Urlaub, verflixt noch mal!« Nun war es an Kerschbaumer, sich zu erregen.

Aber wenigstens Trevisol schien einigermaßen beruhigt und atmete wieder tiefer. Kerschbaumer war sich sicher, dass der hiesige Chefinspektor den Bürgermeister noch mehr verachtete als ihn. Und das war bei Menschen mit tendenziell grantelnder Grundstimmung schon als Teilerfolg zu werten. Man musste diesen Charakteren andere Menschen regelrecht zum Fraß vorwerfen, damit sie von einem selbst abließen.

***

»Der Oberhuber«, schüttelte Trevisol vor dem Gemeindehaus den Kopf. »Will in die ganz große Politik.«

»Ach, schau an?«

»Ja, ins Parlament nach Klagenfurt. Für ihn ist der Ort hier längst zu klein geworden. Oder sagen wir lieber – für seine Frau. Er ist der Getriebene. Wirft sich seitdem vor jede Kamera. Letztes Jahr noch stotterte er sogar, wenn ihn eine Schulklasse interviewte, heute ruft er selbst beim ORF an und bettelt um Berichterstattung.«

»Dem Bürgermeister ist also ein wenig Trubel gar nicht so unrecht?«, fragte Kerschbaumer.

Trevisol reagierte nicht und zündete sich eine Zigarette an, Kerschbaumer blickte ihn verwundert an. Er sah ihn gerade zum ersten Mal rauchen.

»Das ist ein perfektes Schmerzmittel. Für meine gebrochenen Haxen.«

Kerschbaumer erinnerte sich mit Schaudern an Trevisols Skiunfall im vergangenen Winter, der ihm damals den Fall des ermordeten Hausmädchens eingebrockt hatte. Trevisol war wochenlang ausgefallen und Kerschbaumer musste notgedrungen einspringen. Das Röntgenbild des Trümmerbruchs war ein Anblick, den Kerschbaumer bis heute nicht vergessen hatte. Es hatte ausgesehen wie ein Puzzlespiel. Für Fortgeschrittene.

»Tut's noch weh?«, fragte der Wiener mitfühlend.

»Hmmm-hmmm«, gab Trevisol zurück und zog als wenig geübter Raucher so heftig an seiner Zigarette, dass er husten musste, woraufhin er wild herumfluchte und noch mehr hustete.

30. Eine mittelgroße Überraschung

Hilde wusste, dass die beiden Chefinspektoren beim Bürgermeister gewesen waren, um sich über die falsche Berichterstattung zu beschweren – sie wusste das, noch bevor Trevisol aufs Revier gekommen war und erbost über das Gerede des Politikers berichtet hatte. In Bad Kleinkirchheim wusste man eben, was so lief. Nicht alle wussten alles über alle, aber die meisten wussten viel über die meisten. Sie hatte Kerschbaumer gleich angerufen, um zu fragen, wie aus dessen Sicht das Gespräch abgelaufen war. Bei dem ganzen Rumgehuste hätte sie von Trevisols Tiraden ohnehin kaum etwas verstanden.

»Dein Chef findet den Bürgermeister noch viel unausstehlicher als mich«, stellte Kerschbaumer amüsiert fest.

Hilde lachte. »Oh, ich glaube, er findet so einige Menschen viel unausstehlicher als dich.«

»Du meinst, ich liege im Mittelfeld?« Kerschbaumer, der in der Greisslerei saß und eine Heimatzeitschrift durchblätterte, orderte per Zeichensprache einen weiteren Cappuccino.

Die Inspektorin gluckste. »Genau, mit Luft nach oben und nach unten. Aber ich habe noch eine andere Neuigkeit, die ich unbedingt loswerden muss.«

»Oh, her damit.«

»Also, die Furter ...«

»Schon wieder die Furter? Die gibt ja wirklich einiges her.«

»Ja, hör dir das an: Wir haben herausgefunden, dass sie sich ebenfalls um den Baugrund beworben hat, wo das Casino entstehen soll.«

»Tatsächlich?« Das war allerdings eine gewichtige Neuigkeit.

»Natürlich nicht, um ein Casino zu errichten«, fuhr Hilde fort.

»Sondern?«

»Ein Hotel!«

Kerschbaumer stöhnte. Diese ganzen Hotelneubauten hatten schon im letzten Fall für mächtig Verwirrung gesorgt. »Was denn für ein Hotel?«

»Na, ein Hotel eben. Geld genug hat sie ja, und vielleicht sieht sie es als gutes Anlageobjekt.«

»Ja, das könnte sein.«

»Nun, es ist aber nicht so, dass wir ihr deswegen etwas anlasten könnten.«

»Stimmt. Dass mehrere Leute sich für ein und dieselbe Sache interessieren, soll ja häufiger vorkommen. Zu einem Schuss ins Herz kommt es dabei eher selten.«

»Aber merkwürdig ist es doch ein bisschen, oder?«

»Ja, ein bisschen«, gab Kerschbaumer zu.

»Vielleicht könntest du …«, setzte Hilde an.

»Ja?«

»Na ja, so ein bisschen …«

Kerschbaumer wusste, auf was Hilde hinauswollte. »Und was sagt Trevisol dazu?«

»Sitzt nebenan und dreht Däumchen. Aber ich habe ihn gefragt. Nein hat er zumindest nicht gesagt.«

Soso. Trevisol wollte ihn jetzt also doch zum Mitmachen bewegen. Bestimmt, weil er nicht mehr weiterwusste. Und um sich am Ende mit der Aufklärung schmücken zu können – von der allerdings beide Chefermittler noch weit entfernt waren.

»Also gut, ich plaudere mal mit ihr«, versprach Kerschbaumer. »Ganz inoffiziell natürlich.«

»Natürlich.«

***

Kerschbaumer beschloss, es sich einfach zu machen und die Furter anzurufen. Er habe ein paar Fragen, sie war sehr freundlich, trotz der eher schwierigen ersten Begegnung der beiden – und bot ihm an, gleich jetzt am Vormittag nach Seeboden ans Westufer des Millstätter Sees zu kommen, dort habe sie ein kleines Anwesen, wo sie derzeit oft anzutreffen sei.

31. Eine sehr, sehr große Überraschung

Kerschbaumer war zu der angegebenen Adresse gefahren, einem unscheinbaren Siebzigerjahre-Bungalow, der aber direkt am See lag. Er parkte vor einem geschlossenen Garagentor, einen anderen Platz gab es nicht. Es war schwülwarm, und obwohl er nur zwanzig Minuten unterwegs gewesen war, klebte ihm das Hemd am Rücken. Bei dem Bungalow schien es sich um eine Art Büro zu handeln, und auf dem Klingelschild stand das rätselhafte Wort *Tagungszentrum*. Offenbar war er nicht auf herkömmliche Art und Weise bewohnt. Er klingelte.

»Kommen Sie rein, es ist offen!«, hörte er die Furter etwas atemlos hinter der Tür rufen.

Kerschbaumer wunderte sich über den Empfang, dann drückte er die Klinke und trat ein. Nach ein paar Schritten durch den Flur sah er sie auch schon.

Franziska Furter kniete in einer Art Küche auf dem Boden, mit dem Rücken zu ihm. Fetzen von Karton, Styropor und Verpackungsband lagen um sie herum. Sie beschäftigte sich mit einem großen roten Gegenstand. Kerschbaumer lugte ihr neugierig über die Schultern – es war eine Kaffeemaschine, eine sehr, sehr große Kaffeemaschine, Modellname laut Verpackung »Technika Profi Due«. Wie so viele Hobbyhandwerker führte sie beim Zusammensetzen des Objekts intensive Selbstgespräche.

»So, und jetzt hier die Schutzfolie weg. Und wo soll jetzt dieser Tampen sein? Ach da.«

Sie sah eigentlich nicht wie der Typ Frau aus, der sich eine Kaffeemaschine selbst zusammenbaute und ausprobierte. Sie war eher der Typ Frau, der mit dem Finger schnippte und einen Bediensteten kommen ließ.

Dann wandte sie sich an ihren Besucher. »Helfen Sie mir mal? Wir sind erst seit ein paar Tagen hier und machen es uns langsam gemütlich.«

Gemeinsam hievten sie das Gerät, das überraschend schwer war, auf die Anrichte.

»Sieht ja toll aus«, musste Kerschbaumer zugeben. Das war zweifellos eine schöne Kaffeemaschine. Auf dem Küchenbord stand bereits eine Mühle, aus der es schwach nach Kaffeebohnen duftete.

»Danke. Guter Kaffee ist uns hier sehr wichtig.«

Das frisch ausgepackte Modell verfügte über einen doppelten Siebträger, wie man es in Restaurants fand.

»Wer soll denn all den Kaffee trinken?«

»Oh, ich bin ja nicht allein hier. Kommen Sie.«

Sie verließen den Raum, der ganz offensichtlich eine Kaffeeküche werden sollte, und gingen den dunklen Flur entlang. Irgendwo schien jemand zu reden, vielleicht war es aber auch ein Fernseher, der in der Hitze vor sich hin brummte.

Die Furter öffnete einen Raum auf der linken Seite, der bis auf eine große Schiefertafel, einen Schreibtisch und ein paar aufeinandergestapelte Stühle leer war. Zwei Fenster gaben den Blick auf einen kleinen Garten frei, es roch nach Kreide und frischer Wandfarbe.

»Sind wir hier in einer Schule?«, fragte Kerschbaumer.

»Fast«, lächelte die Furter.

Raum zwei lag rechtsseitig des Flurs. Die Furter öffnete vorsichtig die Tür. Der Chefinspektor wurde regelrecht geblendet, denn die großen Fenster hatten direkten Seeblick, und die vom Wasser reflektierten Sonnenstrahlen durchfluteten den Raum, sodass alles aussah wie auf einem überbelichteten Bild. Erst allmählich sah Kerschbaumer etwas schärfer – und blickte in ein gutes Dutzend äußerst fröhlicher Gesichter. Vor ihnen stand eine ebenso freundlich blickende Dozentin mit Pagenschnitt und großer runder Brille. Die Schüler – oder waren es Tagungsteilnehmer? – saßen auf ihren Stühlen, die Dozentin stand an der Tafel, auf der ein paar Zahlen und Begriffe standen. Die Schüler winkten und lächelten um die Wette, ihr Alter war unmöglich zu schätzen, sie konnten zwischen fünfzehn und fünfundzwanzig sein. Ein paar von ihnen gaben gurgelnde Laute von sich. Je länger Kerschbaumer die Szenerie betrachtete, umso eigenartiger fühlte er sich. Die Euphorie der Schüler, sie wollte einfach nicht aufhören, sie strahlten die beiden Besucher im Türrahmen unablässig an, als wäre ihr Erscheinen das größte Glück auf Erden. Das war dem Wiener dann doch etwas unangenehm, zumal er ein oder zwei Gesichter zu erkennen glaubte. Er trat einen Schritt zurück. Die Furter winkte noch einmal in den Raum, und alle winkten aufgeregt zurück. Dann schloss sie behutsam die Tür.

Die Furter blickte Kerschbaumer prüfend an. Sie schien erraten zu wollen, was in ihm vorging. Ihre Zahnlücke war hier, im dunklen Flur, eingerahmt von ihren sehr weißen Zähnen, besonders deutlich zu sehen, ein schwarzes Loch, welches das Zentrum dieses kleinen, merkwürdigen Universums bildete.

»Also doch eine Schule?«, fragte Kerschbaumer schließlich vorsichtig.

»Ja, eine spezielle Schule, wenn Sie so wollen.«

»Und was unterrichten Sie?«

Die Furter wollte antworten, dann hielt sie inne. »Kommen Sie, wir versuchen, die Kaffeemaschine in Gang zu bringen.«

Kerschbaumer folgte ihr, noch immer etwas verwundert, in die Küche. Mit etwas Mühe und nach einem aufreibenden Nahkampf mit dem Wassertank, der sich zunächst nicht lösen lassen wollte, tröpfelte etwas später endlich der Espresso in die kleinen Tassen.

»Wie ist er?«, fragte die Furter.

»Noch etwas bitter«, antwortete Kerschbaumer. »Vielleicht ist der Mahlgrad zu fein. Wenn die Bohne zu stark gemahlen wird, werden viele Bitterstoffe gelöst.« So etwas lernte man in Wien, wo neben den traditionellen Kaffeehäusern längst auch die italienischen und amerikanischen Ketten für den dringend benötigten Koffeinschub in der Arbeitswelt sorgten.

»Oder die Maschine ist zu neu.«

»Ja, angeblich beginnt der Kaffee erst nach dreihundert Tassen so richtig zu schmecken. Ganz egal, wie gut oder teuer die Kaffeemaschine ist. Aber nun erzählen Sie doch mal von Ihrer Schule.«

»Ich nehme an, dass Sie inzwischen die Sache mit dem Hotel herausgefunden haben«, konterte die Furter völlig überraschend, und Kerschbaumer schaffte es gerade noch rechtzeitig, seine Miene nicht in ein erstauntes Glotzen abrutschen zu lassen. Beiläufig nickte er.

»Was soll's, es ist ja auch kein Geheimnis. Aber dies alles hier«, sie ruderte mit den Armen, »ist noch nicht sehr bekannt. Denn ich habe den Bungalow erst letzten Monat gekauft.«

»Um daraus eine Schule zu machen?«

»Eine private Hotelfachschule. Heute ist der dritte Unterrichtstag.«

»Ja, aber Hotelfachschulen gibt es doch schon so viele.«

»Nicht so eine wie diese hier.«

»Was ist denn das Besondere?«

»Die Schüler.« Wieder blickte die Furter ihren Gast forschend an.

»Was ist mit den Schülern?«, fragte Kerschbaumer, dem langsam mulmig wurde.

»Haben Sie das wirklich nicht bemerkt?«

»Nein, ich weiß wirklich nicht …«

Die Furter insistierte: »Haben Sie den Jungen ganz vorn gesehen, der am nächsten zur Tür saß?«

»Ja, der kam mir mit seiner Zahnlücke irgendwie bekannt vor, genau wie das Mädchen mit den blonden Locken neben ihm …«

»Das war Hanserl. Hanserl ist mein kleiner Bruder.«

»Ach was?«

»Und«, die Furter räusperte sich, »er hat einen IQ von sechzig Punkten.«

»Ich, äh, aha«, stammelte Kerschbaumer nur.

»Auch die anderen Schüler sind allesamt geistig schwerstmehrfachbehindert.«

Kerschbaumer verstand. Aber eigentlich verstand er gar nichts mehr. *Schwerstmehrfachbehindert* – das war ein ganz fremdes, Angst einflößendes Wort für ihn.

»Aber, ähem, Sie sagten doch, Sie wollten eine Hotelfachschule betreiben?«

»Ja, ganz genau.«

Und dann erzählte die Furter von ihren Plänen. Sie wollte ihrem Hanserl und auch den anderen das bestmögliche Leben bieten – und außerdem die geprüften Eltern entlasten, weil der Staat das nur sehr unzureichend tue. Noch bei Hanserls Geburt galt unter Experten eine schwere Behinderung als pathologischer, feststehender Defekt und persönliches, unabänderliches Schicksal. Geistig Behinderte wurden schulbildungsunfähig, intelligenzgeschädigt und sogar verrückt oder schwachsinnig genannt. Doch in den letzten Jahren habe sich das geändert, inzwischen gebe es sogar eine Ausbildung zum Schwerstbehindertenpädagogen. Das Ziel sei, dafür zu sorgen, dass Betroffene trotz Behinderung am ganz normalen Alltag teilnehmen können. Das sei eine große Herausforderung, so die Furter, denn man könne sich zwar hineindenken, was stumm, taub, gelähmt oder blind bedeute – aber eine geistige Behinderung bleibe für Außenstehende unvorstellbar, selbst sie als große Schwester können nur erahnen, was so manches Mal in Hanserls Kopf vorgehe.

Und nachdem sie viele Jahre lang mit den besten Experten weltweit gesprochen und geschrieben hatte, war ihr eine Idee gekommen – ein Hotel, das ausschließlich von Menschen mit geistiger Behinderung betrieben werden sollte. Dafür habe sie im Winter diesen Bungalow gekauft, zu einem kleinen, aber feinen Schulungszentrum umgebaut und eine Handvoll der besten Schwerstbehindertenpädagogen im deutschsprachigen Raum verpflichtet, die zwölf Schüler, darunter ihren Hanserl, bestmöglich auf die neue Aufgabe vorbereiten sollten. Die Schüler waren zwischen fünfzehn und vierzig Jahre alt, denn bei einem IQ von sechzig oder siebzig spiele das Alter, wie die Furter erklärte, keine große Rolle.

»Eine, äh …«, *irre* Idee, wollte Kerschbaumer schon sagen, bremste sich aber gerade noch rechtzeitig. »Eine … *interessante* Idee«, antwortete er schließlich.

»Ja, und als Standort des Hotels hatte ich Bad Kleinkirchheim vorgesehen. Zuerst überlegte ich, ein bestehendes Haus zu übernehmen, aber die Umbauten wären doch zu groß gewesen. Viele unserer Schüler leiden zusätzlich auch unter so manchen körperlichen Schwächen, deswegen war es besser, das Hotel von Grund auf neu und bedarfsgerecht zu planen. Es waren auch Zuschüsse vom Bundesland, aus Wien und sogar aus Brüssel beantragt.«

»Wusste man in Bad Kleinkirchheim von Ihren Plänen?«

»Offiziell habe ich es immer nur als Hotel bezeichnet, aber es wurde natürlich getuschelt. Wir sind ja eine Hotelfachschule, keine Geheimorganisation. Es hieß, wir würden eine Irrenanstalt mitten im Ort aufmachen wollen. Klar, dass ich im Bieterwettstreit gegen das Casino verlor. Dennoch glaube ich, dass es eine Riesenchance gewesen wäre.«

»Und jetzt?«, fragte Kerschbaumer.

»Wie Sie wissen, habe ich den Kampf noch nicht aufgegeben«, lächelte die Furter. »Bad Kleinkirchheim bleibt die erste Wahl. Der perfekte Ort, die perfekte Infrastruktur. Auch für Hanserl, denn so kann er in seiner vertrauten Umgebung bleiben. Ich spüre, dass es das Beste für ihn wäre.«

»Und wenn das Casino doch gebaut wird?«

»Ich bin zwar Optimistin, aber es wäre unprofessionell, keinen Plan B zu haben. Dann hätte ich ein interessantes Objekt in Feld am See. Ich würde jedenfalls nicht über Leichen gehen, um Plan A in die Tat umzusetzen.«

»Das hätte ich auch nie vermutet«, sagte Kerschbaumer schnell.

»Aber möglicherweise vermuten das ja Ihre Kollegen.«

***

So ganz unsympathisch war die Furter ja doch nicht. Und diese Zahnlücke, die ein wenig an die französische Schauspielerin Léa Seydoux oder die frühe Brigitte Bardot erinnerte – also, die fand Kerschbaumer inzwischen sogar richtig sexy.

Er schloss gerade sein Auto auf, als ein weißer Kleinbus auf ihn zuschoss und keine dreißig Zentimeter vor ihm mit einer scharfen Bremsung zum Stehen kam. Aus allen Türen sprangen junge Männer mit schwerem Gerät. Sie stürmten an dem verdutzten Kerschbaumer vorbei und liefen in den Bungalow. Sie hatten ihn zudem sauber zugeparkt, ohne dass sie es wahrnahmen. Ein dicklicher junger Mann mit Pferdeschwanz schrie ein paar Befehle.

Dank einiger Fernsehauftritte, darunter einmal bei *Aktenzeichen XY*, als er einen spektakulären Juwelenraub aufzuklären hoffte, erkannte Kerschbaumer sofort, dass es sich bei der Ausrüstung um TV-Equipment handelte: Lampen, Lichtschirme, Kameras. Die jungen Männer mit der kreativen Gesichtsbehaarung konnten demnach nur eine Fernsehcrew sein. Kerschaumer umrundete den Kleinbus. Auf beiden Seiten prangte groß das Logo von Austria TV, vorne auf dem Armaturenbrett lagen gleich zwei Schilder mit dem Hinweis »Presse«. Bei Austria TV war man zweifellos noch stolz auf seinen Job.

Da er sonst nichts zu tun hatte und ja ohnehin zugeparkt war, ging Kerschbaumer der Fünf-Mann-Crew einfach nach.

Der Bezopfte war zweifellos der Boss, dirigierte die anderen herum und verfiel, als er auf die Furter traf, in einen schmeichelnden, aber dennoch hektischen Ton. Er war niemand, der Zeit verlieren wollte.

»Also, wir filmen zuerst eine Unterrichtseinheit, sowohl aus Sicht der Lehrerin als auch aus Sicht Ihrer … äh, Schüler. Dann das Interview mit Ihnen und noch ein paar Außenaufnahmen, See, Wiese und so.«

Die Furter sagte etwas, das Kerschbaumer im Getöse von auf den Boden knallenden Aluminiumkoffern, quietschenden Stativen und entrollenden Kabeltrommeln nicht verstand. Dann platzten alle ohne große Ankündigung – oder gar, Gott bewahre, ein spießiges Anklopfen – in den Unterrichtsraum der Lehrerin mit dem Pagenschnitt. Kerschbaumer sah, dass die Schüler erneut liebevoll lächelten, obwohl diese Besucher das irgendwie nicht verdient hatten, wie er fand.

Nun wurde im Klassenraum fleißig gewerkelt, die Schüler juchzten auf, diese eigentümliche Abwechslung gefiel ihnen offenbar sehr. Der Bezopfte rief ein paar unverständliche Kürzel durch den Raum, die vier Übrigen antworteten ebenso unverständlich, aber deutlich leiser. Alle trugen ausgetretene Turnschuhe der Marke Adidas, das war offenbar der *esprit de corps*. Die Lehrerin mit dem Pagenschnitt holte einen Taschenspiegel hervor und überprüfte ihren Lippenstift.

»Abdunkeln!«, rief der Chef, und sofort lief ein Gehilfe zu den großen Fenstern und suchte nach den Jalousien, er fand jedoch keine und holte dann aus seinem Koffer schwarze Folie hervor. Nach und nach wurde der Raum düster. Die Begeisterung der Schüler wuchs ins Unermessliche, alle rutschten auf ihren Stühlen umher und schrien vergnügt. Dem Chef schien das überhaupt nichts auszumachen, vielleicht war er einen solchen Umgang aus dem Sendezentrum gewohnt.

Nun flammten die ersten Scheinwerfer auf, grell und weiß. »Licht machen wir uns selbst.« Er grinste zu der Furter hinüber. Es war eine unwirkliche Szene, diese schrille Illumination inmitten vollkommener Dunkelheit. Schatten gab es keine, weil jeder Winkel ausgeleuchtet wurde. Kerschbaumer war so geblendet, dass er kaum noch etwas sah. Ob das auch daran lag, dass er die Brille, zu der die Optikerin ihm in Wien geraten hatte, aus Eitelkeit abgelehnt hatte? Stand nicht bald auch der vorgeschriebene zweijährliche Sehtest an? Dann würde er wohl klein beigeben und die Welt bis auf Weiteres durch zwei Scheiben betrachten müssen. Die Kameras wurden angeschaltet und getestet, die Klassentür schloss sich, Kerschbaumer und die Furter blieben draußen.

»Dann darf ich Ihnen noch einen Kaffee anbieten?«

Kerschbaumer hob die Schultern und nickte.

Der zweite Espresso schmeckte schon etwas besser, weniger nach nagelneuer Maschine.

»Haben Sie die geholt?«, fragte Kerschbaumer.

»Ja.«

»Tue Gutes und rede darüber?«

»Ist das ein Vorwurf?«

»Natürlich nicht.«

Die Furter stellte ihre Espressotasse ab.

»Wir müssen in der Bevölkerung das Bewusstsein verankern, dass diese Menschen die gleichen Rechte haben, insbesondere das Recht auf bestmögliche Förderung und Integration, das Recht auf ein Leben. Und das geht nun einmal nur mit Hilfe der öffentlichen Meinung, der ich mich in diesem Fall gerne bediene.«

Nun klang sie wie eine Politikerin. Ihre Zahnlücke wirkte nicht mehr ganz so sexy.

32. Am See, zum Zweiten

Da er schon mal in der Nähe war, konnte er ja gleich noch mal an den See fahren. Es war gerade Mittag. Auch, um nachzudenken, was er da bei der Furter eben alles erlebt hatte. Zudem wollte er endlich eine achtsame Urlaubs-Ermittlungs-Balance finden.

Und das Seebad am Afritzer See war der ideale Bremsklotz. Die Dinge gingen hier etwas behäbiger voran als in den nervösen adriatischen Strandbädern, aber das hatte ja auch was für sich. Der alte Mann an der Kasse grüßte Wendelin Kerschbaumer wie einen alten Bekannten, dabei war er in diesem Urlaub erst zum zweiten Mal hier. Vielleicht lag das auch daran, dass nicht viele Leute zwei Mal hierherkamen?

Auch heute hatte er sich etwas zum Lesen mitgebracht, aber Georges Simenon mit seinen promisken Protagonisten war nicht gerade geeignet, um sich abzulenken. Dabei wollte er doch dringend auf andere Gedanken kommen.

Kerschbaumer legte das Buch beiseite und versuchte, in der Sonne einzudösen. Doch dann kam etwas Unruhe auf, eine schwer zu erfassende Situation, ein plötzlicher Luftzug vielleicht. Alle reckten ihre Köpfe, einige begannen zu flüstern. Auch Kerschbaumer blickte auf.

Diesen Auftritt musste man einfach erlebt haben. Werner und zwei seiner Bodybuilding-Spezies vom Ruckizucki Fit aus Radenthein kamen an den See marschiert.

Sie platzten beinahe vor Genugtuung, ihre Muskeln vorzeigen zu dürfen, und, du liebe Zeit, das taten sie. Kaum hatten sie den Eingang passiert, rissen sie sich die T-Shirts vom Leibe, als hätte der Stoff Feuer gefangen. Die Brustmuskeln hüpften voller Freude auf und ab.

Alle drei trugen keine Badeshorts, sondern Badehosen, die wohl eher Badeslips heißen müssten. Sie gingen wie in Zeitlupe, so wie in Hollywoodfilmen, wenn die Helden den Tatort betreten, um mal ordentlich aufzuräumen.

Dann zeigte Werner in seinem pinken Badeslip freudig auf Kerschbaumer, und alle drei wankten auf ihn zu. Sie breiteten ihre Handtücher tatsächlich rund um Kerschbaumer aus, der vor lauter Baucheinziehen kaum noch atmen konnte.

»Wir stören doch nicht?«, fragte Werner freudig.

»Natürlich nicht!«, keuchte der Wiener.

Werner stellte seine Kumpanen vor, sie hießen offenbar tatsächlich Atze und Keule. Atze: komplett kahl, zwei Prozent Körperfett, rote Badehose. Keule: mediterraner Undercut, deutlich braungebrannter als die anderen beiden (und das musste man erst mal schaffen), noch etwas massiger, blaue Badehose.

»Ich mag es hier«, erklärte Werner, »diese entspannte mentale Leere findest du nur am See, nie am Meer.«

»Es ist eine einzige Entschleunigung vom täglichen Dasein, eine echte Antithese zu unserer offenbaren Bestimmung in dieser Welt«, stimmte Atze zu.

Kerschbaumer staunte nicht schlecht.

»Ein Tag ohne Verpflichtungen, der so munter dahingeht wie ein Sperling, der ohne Ziel über dem Unterholz kreist, nur dem eigenen Sein verpflichtet«, sinnierte Keule und zupfte sich ein von der Rasur übrig gebliebenes

Brusthaar aus dem Muskelpaket. Kerschbaumer zuckte zusammen, denn er spürte das Ziepen geradezu selbst.

»Was meinst du, Herr Chefinspektor?«, fragte Keule. Diese Sache mit dem gleichzeitigen Siezen und Duzen verwirrte ihn als Wiener immer wieder aufs Neue.

»Ja, äh, ich bin auch ganz gern hier«, sagte er und kam sich dumm vor. »Oben in Bad Kleinkirchheim gibt es halt keinen Badesee.« Was er als noch dümmere Ergänzung empfand.

Aber niemand der drei ging darauf ein. Sie ölten nun ihre Körper ein. Nicht mit Sonnenmilch, sondern mit Bräunungsbeschleuniger. Jeder von ihnen hatte sein eigenes Mittelchen. Plötzlich roch es intensiv nach Kokosmilch und allerlei eigenartiger Ingredienzen.

»Mensch, Herr Chefinspektor, erzähl doch mal, was ist denn da oben los?«, fragte Werner. Er meinte Bad Kleinkirchheim und schickte die rote Badehose los, vier Bier zu besorgen. Kerschbaumer blickte fragend, doch Werner erklärte es ihm: »Muskelaufbauend, kaloriendicht und hilft den Gelenken bei der Regeneration.«

»Und ich dachte, ihr Bodybuilder würdet euch nur von Steaks und Eiern ernähren.«

»Ja, was Laien so denken. Aber Herr Chefinspektor, du musst wissen, dass du vor allem in der Massephase sechstausend bis siebentausend Kalorien pro Tag brauchst«, erklärte Werner. »So viele Steaks und Eier verdrückt kein Mensch.«

»Ist schon vorgekommen, dass ich eine Fünf-Liter-Packung Schokoladeneis ausgelöffelt habe«, sinnierte Keule.

»Und dann gibt es Zeiten, wo du schnelle Kohlenhydrate brauchst«, referierte Werner weiter. »Etwa direkt vor einem Wettkampf oder wenn du eine neue Bestleistung im Bankdrücken aufstellen willst. Weißt du, Herr Chefinspektor, was Usain Bolt direkt vor seinen Sprints isst? Weißbrot, in Coca-Cola getaucht.«

Ein paar Minuten später drückte Atze allen eine eiskalte Flasche Hirter aus einem sehr tief regulierten Kühlschrank in die Hand. Sie stießen an.

Kerschbaumer entschied, Werners Frage in Sachen Mordermittlungen großzügig zu umschiffen, und legte seine übliche Platte auf: *Urlaub, keine Ahnung, sollen die hiesigen Kommissare machen*. Aber dann fand er, dass Werner, Atze und Keule ja eigentlich eine ganz gute Truppe wären, um mehr zu erfahren. Und so begann der Chefinspektor zu erzählen. Natürlich verfremdete er die Beteiligten und die Umstände so stark, dass niemand sie wiedererkennen würde. Aber er erzählte von Hoteliers und Heimatliebhabern, von fremden Investoren, von Befürwortern und Feinden des Casinos. Er gab nur das wieder, was man auch bei einer fleißigen Google-Suche hätte erfahren können.

»Also, was meint ihr?«, fragte Kerschbaumer schließlich.

Werner rieb sich das Kinn.

»Hol noch mal vier Bier«, murmelte er Atze zu, der sofort aufsprang.

Menschenskind, die Jungs entpuppten sich als ganz nett! Gut, an diesen breitbeinigen, langsamen Gang musste man sich erst mal gewöhnen, aber als alle die nächste Flasche in den Händen hielten, legte Mundschenk Atze als Erster los.

»*Cui bono*, müsste man sich fragen, nicht wahr?«, fragte der Muskelprotz mit der Fleischmütze.

»Ach komm, hör auf, das ist doch die naheliegendste Verschwörungstheorie von allen und schon von daher keine valide Spur!«, gab Werner zu bedenken.

»Aber was ist mit dem Theorem von Occams Rasierklinge: Wenn es viele verschiedene Möglichkeiten gibt, dann ist die naheliegendste meist auch die richtige«, gab Keule zu bedenken und nahm einen Schluck Bier. Die Flasche sah in seinen Pranken wie ein Einweg-Shampoo aus Kerschbaumers Hotelzimmer aus.

»Aber auch das ist doch schon längst widerlegt, denn die Welt zeigt sich viel zu komplex für einfache Lösungen und den Weg des geringsten Widerstands!« Werner ließ seine Waden zucken.

Ein Gummiball kam angeflogen und traf Werner am Arm. Er richtete sich auf, spannte alle Muskeln an und knurrte; die zwei Jungen in etwa zehn Metern Entfernung schrien entsetzt auf. Doch dann lachte er, warf ihnen den Ball zurück und winkte.

»Also schön«, setzte Atze an und spannte seinen Bizeps wie zur Probe ein paar Mal an, »hat man denn auch schon mal überlegt, den Mord abgekoppelt vom Casino zu betrachten?«

Kerschbaumer verschluckte sich fast. Was er im letzten Fall, bei dem Mord an der Slowenin im Winter, schon bei Werner geahnt hatte, bestätigte sich jetzt erneut – er musste sich abgewöhnen, Hirn und Muskelmasse in einem quasi naturgegebenen, umgekehrt proportionalen Verhältnis zu betrachten. Denn genau das mit dem Abkoppeln hatte er sich inzwischen auch überlegt. Es war möglich, dass das Casino in allen Theorien eine so gewaltige Rolle spielte, dass es jede andere Spur überlagerte.

Dann beschlossen alle vier, ins Wasser zu gehen. Sie sahen aus wie eine misslungene Kopie der Village People, mit drei durchtrainierten Kerlen und einem Normalgewichtigen mit Bauchansatz. Wenigstens konnte Kerschbaumer Tapferkeit beweisen, indem er als Erster in dem 18 Grad kühlen Bergsee untertauchte, was ihm verflixt schwerfiel.

33. Nachmittagskaffee in der Greisslerei

»Ist ja ein Ding.«

Das war Hilde Hofgärtners Reaktion, als Kerschbaumer ihr von dem Treffen mit der Furter in ihrem Tagungszentrums-Bungalow berichtete. Sie saßen bei einem Cappuccino in der Greisslerei und wunderten sich gemeinsam.

»Was bedeutet das deiner Meinung nach?«, fragte sie.

»Ich bin mir nicht sicher. Einerseits hat sie viel Geld, und es handelt sich um ihren Bruder. Also ein recht ehrenhaftes Motiv, wie mir scheint.«

»Aber das Kamerateam?«

»Ja, das fand ich auch seltsam. Sie hat es ganz vernünftig erklärt, Akzeptanz in der Gesellschaft und so, aber so ganz schlau werde ich aus ihr nicht.«

»Übrigens ist mit meinem Freund endgültig Schluss«, änderte Hilde wie aus dem Nichts das Thema.

Kerschbaumer horchte auf und straffte die Schultern. Mit dieser Wendung des Gesprächs hatte er nicht gerechnet. Aber sie gefiel ihm.

»Oje, das tut mir leid. Geht es dir gut?«

»Na, so richtig funktioniert hat es ja nie, von daher war es richtig. Nach der Wintersaison haben wir es noch mal probiert, aber es hatte keinen Zweck.«

Hildes Ex-Freund Fridolin, Porschefahrer und Padelspieler, war ein Tunichtgut, der von einer Frühstückspension lebte, die quasi von allein lief. Ansonsten pflegte er seinen Teint und posierte auf Instagram mit seinem Auto. Ab und zu entwickelte er spektakuläre Geschäftsmodelle – darunter zuletzt ein Sushi- und Burger-Restaurant in Radenthein –, an denen er aber schnell die Lust verlor, wenn es ernst wurde. Manchmal gelang es ihm, von gutgläubigen Freunden eine Anschubfinanzierung oder Investitionsbeteiligung zu erschwatzen, die dann immer verschwand, aber er war ein guter Vertröster, und bislang war er immer damit durchgekommen. Wenn einer mit der Polizei drohte, zahlte er zumindest einen kleinen Teil zurück, immer gerade so viel, dass man den entscheidenden rechtlichen Schritt dann doch nicht gehen wollte und auf eine gütliche Regelung hoffte.

»Ab und zu hat er mich noch mit Nachrichten bombardiert, das war schon lästig.«

»Und hat das nachgelassen?«, erkundigte sich Kerschbaumer.

»Ich habe dafür gesorgt, dass es nachgelassen hat.«

»Wie hast du das denn geschafft?«

»Er trinkt ja jeden Morgen seinen Cappuccino in der Greisslerei. Dort habe ich ihn *zufällig* getroffen. Er musste mal kurz für kleine Jungs und hat sein Handy auf dem Tisch liegen lassen. Dann habe ich einen kleinen Neodymium-Magneten hervorgeholt. Tipp von einem IT-Kumpel aus Klagenfurt. Keine äußeren Beschädigungen am Handy, alle Daten ratzfatz gelöscht. Danach war Ruhe. Er kannte meine Nummer natürlich nicht auswendig, ein paar Tage später fragte er kleinlaut danach. Vergeblich.«

Sie warf ihren Pferdeschwanz von der linken auf die rechte Schulter und schaute zufrieden aus. Kerschbaumer merkte sich: *Leg dich nicht mit Hilde Hofgärtner an.*

34. Im Supermarkt

Die Supermärkte in Bad Kleinkirchheim waren echte Wohlfühltempel – jedenfalls dann, wenn man die Wiener Einkaufszentren gewohnt war, wo die Menschen gerade noch den Anstand hatten, einen nicht mit den mächtigen metallenen Einkaufswagen zu überrollen und auf dem Boden liegen zu lassen. Wo die Schlangen an den Kassen einmal um die Süßigkeitenregale bis zur Fleischtheke reichten. Wo die Kassiererinnen selbst zum Bescheißen zu faul waren. Wo immer jemand hinter ihm stand, der nach konzentrierten Alkoholika roch, oder vor ihm, der es »ganz bestimmt passend« hatte. Kerschbaumer war in Wien eben auch an die üblichen Stoßzeiten aller Berufstätigen gebunden, während er hier zu jeder Tageszeit shoppen konnte und sich wie ein VIP fühlte, für den der Supermarkt extra abgesperrt wurde. Manchmal war er ganz allein in dem riesigen Raum. Wer da nicht Lust auf Einkaufen bekam, so unbeaufsichtigt im Schlaraffenland, dem war nicht mehr zu helfen.

Die Kassiererinnen und Angestellten hinter der Fleisch- und Brottheke waren genau so fröhlich wie die Touristen, die gut gelaunt hier einkauften. *Freundlichkeit produziert eben Freundlichkeit*. Auch wenn das kein tiefgründiger Gedanke war, sollte man ihn sich vielleicht doch einmal merken, dachte Kerschbaumer.

Wenn man mal ein bisschen Zeit hatte, dann war so ein Supermarkt einfach eine feine Sache. Was es hier alles für verschiedene Nussmischungen gab! Wer die wohl alle schälte/knackte/pellte? Oder gab es dafür auch schon Maschinen? Dem Preis nach konnte es nicht anders sein.

Noch während Kerschbaumer überlegte, zog ihn jemand am Arm. Es war Conny Koblinger mit ihrer Tochter Larissa. Dieses Mal bekam er kein »Papa« zu hören, denn Larissa versuchte, die Comicfiguren auf den Cornflakes-Packungen zu erkennen.

»Also, wissen Sie, dieser Mordfall«, begann Conny sofort, »ich habe mir überlegt, dass es doch jemand sein müsste, der das Casino nicht will.«

»Das ist gut möglich, aber wie ich ja schon gesagt habe, bin ich nicht …«

Noch bevor Kerschbaumer seinen Satz beenden konnte, plapperte Conny Koblinger weiter. »Aber dann habe ich mir überlegt, dass das doch viel zu naheliegend ist. Was halten Sie von folgender Theorie?«

Hinter Conny fielen ein paar Müslis mit lautem Getöse, das man Müslis gar nicht zutraute, aus dem Regal. Larissa erschrak, fand aber gleich wieder zu ihrem Lächeln zurück. Kerschbaumer half beim Einsammeln der Packungen und bekam nun doch sein »Papa« zu hören.

Und als er so ganz nah neben Larissa kniete, fiel es ihm auf – natürlich, sie war eine der Schülerinnen der Furter im Tagungszentrum gewesen! Das Mädchen neben Hanserl! Kerschbaumer hatte sie nicht sofort erkannt.

»Haben Sie Larissa aus Seeboden abgeholt?«, fragte er Conny.

Die nickte verblüfft. »Ja, ich war gerade unten. Ein spannendes Projekt. Und ich habe den Vormittag ein bisschen für mich.«

»Gefällt es Larissa dort?«

Conny Koblinger war unangenehm berührt, das war nicht zu übersehen. Kerschbaumer fragte sich, ob er einen Fauxpas begangen hatte. War es unschicklich, darauf hinzuweisen, dass Larissa auf eine solche Schule ging? Aber andererseits hatte Conny doch im Strandbad so freimütig von Larissas Schwierigkeiten erzählt?

Sie wechselte rasch das Thema. Nun ging es zwar wieder um den Mord, aber das war Kerschbaumer ganz recht. Das Leben der beiden war bestimmt nicht einfach.

»War es nicht vielleicht jemand vom Casino selbst?«, mutmaßte die Frau mit den langen blonden Locken.

»Interessant, aber was wäre das Motiv?«

»Folgendermaßen: Mit diesem Mord würde man die Gegner des Casinos doch disker…, diskerdi…«

»Diskreditieren!«, half Larissa und freute sich. Kerschbaumer blickte sie verblüfft an.

»Typische Inselbegabung des autistischen Spektrums, erkläre ich Ihnen ein anderes Mal«, fuhr Conny fort. »Also, die Sache ist die: Ein Mord rückt all die Demonstranten doch in ein ganz schlechtes Licht, nicht wahr? Und ist nicht der oberste Grundsatz der detektivischen Arbeit die Frage nach dem Motiv?«

»Sie meinen, ein Insider hat still und heimlich den Mord begangen und hofft, dass die Polizei nur bei den Casino-Gegnern ermittelt? Eine gewagte Theorie.«

»Aber Sie sollten sie in Erwägung ziehen!«, Conny knuffte ihn fröhlich in die Seite. »Denn geben Sie's zu, Sie sind ja doch der Ermittler. Sie tun nur so, als seien Sie's nicht, damit jeder zutraulich wird. Und Ihnen alles erzählt. So einen Fall überlässt man doch nicht den Hiesigen.«

Kerschbaumer widersprach, obwohl es zwecklos war. Connys Theorien hatten sich verfestigt wie Bauschaum, und sie würden sich nicht mehr so leicht verflüssigen.

Dann verabschiedete sich Kerschbaumer mit einem erfundenen Massagetermin im Hotelspa, bekam noch ein »Papa!« mit auf den Weg und verließ den Supermarkt mit nichts, was er eigentlich hatte kaufen wollen.

35. Miss Marple

Kerschbaumer keuchte den Anstieg des Maibrunnenweges zum Kirchheimerhof empor. Die höchste Erhebung, die er in Wien zu bezwingen hatte, waren die drei Stockwerke nach oben in seine Altbauwohnung in Margareten, wenn der im Jahr 1963 eingebaute und seitdem nie mehr erneuerte Fahrstuhl mal wieder ausfiel und sich der Hausverwalter wie immer Zeit ließ, die zuständige Firma anzurufen, weil er ja genug damit zu tun hatte, Falschparker aufzuschreiben, Hundehalter anzuschnauzen und kontrafaktischen Geschichtsfantasien nachzuhängen, etwa jener, was geschehen wäre, wenn Gavrilo Princip danebengeschossen hätte und die Habsburger noch auf dem Thron eines glücklichen Vielvölkerstaates säßen.

Das Schnaufen beeinträchtigte Kerschbaumers Denken nicht, im Gegenteil, das Denken bildete eine angenehme Ablenkung von der anstrengenden Körperlichkeit. Die attraktive Conny Koblinger zeigte alle Anzeichen für das, was Kriminologen den »Miss-Marple-Effekt« nannten: Laien, die glaubten, mit ein paar vermeintlich cleveren Rückschlüssen die Ermittler übertrumpfen zu können. Mit Schrecken dachte er an die geschiedene Steuerfachgehilfin aus Sankt Pölten, die einen ungeklärten Raubmord an einem Blumenhändler im Wiener Dritten Bezirk aufzuklären versuchte, obwohl sie mit dem Opfer weder verwandt noch auf irgendeine Art bekannt war. Aber sie hatte alles über den Fall gelesen und trug ihre

Theorien wöchentlich auf dem Revier vor. Wegschicken konnte man sie nicht, schließlich war sie eine »Zeugin«, aber als man zwangsläufig immer unhöflicher mit ihr wurde, wandte sie sich zunächst an die Presse. Schließlich eröffnete sie sogar die Facebook-Gruppe »Die Wahrheit zu Josef F.« und teilte ihren siebzehn Followern regelmäßig den Stand der Ermittlungen – *ihrer* Ermittlungen – mit.

Aber mit noch viel größerem Schrecken dachte er an den elfjährigen Dreikäsehoch Finn-Paul, der ein »Detektivbüro« gegründet hatte, auf Instagram fleißig Follower sammelte und jeden Tag nach der Schule mit einem gewinnenden Lächeln vor dem Revier stand, mitsamt einem schüchternen gleichaltrigen Minion mit teurer Nikon-Kamera vom Papa, der jede Geste seines »Chefs« dokumentierte. In seinen »Akten«, die in sorgfältiger Schreibschrift verfasst waren, beschäftigte er sich mit aktuellen Fällen, und natürlich sprang die Presse begeistert darauf an und nannte ihn bald »Sherlock Junior« oder »Justus Jonas aus Josefstadt«. Polizeipräsident Friedel Bürstl freute sich ein Loch in den Bauch: *endlich mal gute Presse.* Journalisten aus ganz Österreich und sogar ein paar internationale Kollegen fraßen der kleinen Nervensäge aus der Hand, die sich schnell an den Ruhm gewöhnte und, sobald die Kameras nicht mehr auf ihn gerichtet waren, die Ermittler herumscheuchte, weil hier *besseres Licht* war und es dort nach *mehr Kriminalität* aussah. Finn-Paul trug natürlich nicht das Geringste zur Ermittlungsarbeit bei, aber weil dauernd irgendein Journalist vor dem Präsidium herumlungerte, konnte man dem missratenen Wurm nicht einfach ein paar Watschen geben und heim zu seiner Mama schicken (die übrigens auf ihrem eigenen

Instagram-Account fleißig von den Zuspielungen ihres hübschen blonden Sohns mit dem Seitenscheitel profitierte).

Kerschbaumer und seine Kollegen mussten Finn-Paul notgedrungen ertragen und bemühten sich bald darum, ihn loszuwerden. Jede Kaffeepause drehte sich um mögliche Exit-Strategien. Konnte man die Mikrobe irgendwie loswerden? Jeden Tag wurde es schlimmer. Der »Mitarbeiter des Monats« staubte durch seine bloße Anwesenheit den Ruhm ab, den die Ermittler doch für sich beanspruchen durften; es gab bereits gehässige Schlagzeilen. Und die Arbeit hielten sie sowieso auf.

Dann kam Moreno die rettende Idee. Den anderen Inspektoren erschien sie zunächst zu riskant, aber Moreno überzeugte sie: Er lud eine Handvoll weiterer rotznäsiger Influencer aufs Revier ein, und bald begann ein Hauen und Stechen um den besten Blickwinkel und das schmeichelhafteste Selfie. Das war der Overkill: Die Follower waren genervt. *Sherlock Junior* beziehungsweise *Justus Jonas aus Josefstadt* verpuffte in der virtuellen Weite. Endlich muckte auch die Presse auf: Die Schlagzeile im *Kurier* *»Werden wir etwa von Kindern beschützt?«* war der Sargnagel für Friedel Bürstls Initiativen. Das nervende Kleingemüse wurde aus den Büros verbannt. Und die Follower wandten sich bald den neuen Tanzvideos auf Tiktok zu.

Kurzum: Von einer Miss Marple, wie sie Conny Koblinger zweifellos zu sein schien, hatte er die Nase aber so was von voll.

36. Der Grillmeister

Um alles, was als *Event* betitelt wurde, machte Kerschbaumer einen riesengroßen Bogen, vor allem dann, wenn es sich um ein *kulinarisches* Event handelte. Denn wer glaubte, sein Menü mit Live-Jazz oder Zirkusakrobaten veredeln zu müssen, der konnte wohl weder kochen, noch verstand er etwas von gutem Essen. Denn qualitätvolle Speisen an sich waren ja wohl schon Event genug. Da brauchte es keinen Zauberkünstler, der am Tisch mit Spielkarten herumalberte.

Aber die Einladung von Hilde und Feiersinger konnte er nicht abschlagen: Heute Abend stand Showgrillen in der Einkehr auf dem Programm, offenbar ein ausgesprochen beliebtes, immer schnell ausgebuchtes *Event*. Dazu hatte man auf der schönen Terrasse entsprechend umgeräumt, in der Mitte eine Feuerstelle mit klassischem Grill und einem Smoker aufgebaut und Hugo Plautzenpranner eingeladen, den amtierenden österreichischen Grillmeister, der in Villach wohnte und arbeitete, tagsüber als Metzger, abends als T-Bone-Guru für Privat- und Firmenfeiern. *Ich bin ein Auftragsgriller*, scherzte Hugo munter zum Auftakt.

»Ah, Villach. Da habe ich einen interessanten Fakt«, wandte sich Feiersinger an die Kollegen. »Wusstet ihr, dass Villach die größte österreichische Stadt ist, die keine Landeshauptstadt ist?«

Tatsächlich wusste Kerschbaumer das, tat aber so, als würde ihn die Information geradezu umhauen.

Etwa vierzig Leute saßen an den acht Tischen, die U-förmig um das Feuer herum aufgebaut worden waren, sodass alle gute Sicht aufs Geschehen hatten. Hugo Plautzenpranner sah in etwa so aus, wie man sich einen Grillmeister vorstellte: die Figur eines Kugelgrills, ein rundliches, schnell errötendes Gesicht, große Hände und eine schweißglänzende hohe Stirn. Er ließ die Flammen mit einem Trick mannshoch auflodern, es gab viele Ahs und Ohs.

Sag mir die drei schönen Worte: Grill ist an!, freute sich ein Mann am Nebentisch. Dann erklärte Hugo mit kurzatmiger Stimme den Unterschied zwischen direkter Hitze und indirekter Hitze und wie man die Drei-Zonen-Glut nutzte. Er mahnte, niemals Anzündflüssigkeit zu verwenden, denn Hamburger und Steaks sollten ja nicht nach Benzin schmecken, obwohl man das in früheren Generationen durchaus zu schätzen gewusst hatte.

»Trevisol ist vorhin nach Wien gefahren«, rief Hilde durch das Zischeln der Fleischstücke zu Kerschbaumer herüber.

»Was macht er denn da?«, fragte er überrascht.

Hugo erklärte gerade den Unterschied zwischen Glutring und Bullauge. Dann zeigte er den Trick mit dem Fingerdruck auf den Daumenballen zur Bestimmung des Gargrades – rohe Steaks sind so weich wie der Daumenballen einer entspannten Hand, blutig gegrillte Steaks wie der Daumenballen, wenn man Daumen und Zeigefinger zusammendrückt. Und wenn man Daumen, Zeigefinger und Mittelfinger zusammenpresst, dann fühlt sich der Daumenballen in etwa so an wie ein medium gebratenes Steak.

»Spricht mit deinen Kollegen. Er glaubt hartnäckig an die Bosnier-Spur.«

»Damit wird er wohl nicht weiterkommen«, stellte Kerschbaumer fest.

Hugo reichte die Vorspeisen herum: Hühner-Involtini mit Schinken und Basilikum sowie Hähnchenbrust mit Zitrone und Oregano. Dann erklärte er den korrekten Gebrauch eines Drehspießes.

»318 Kilometer und 400 Meter von Revier zu Revier.« Feiersinger hatte sich auf seiner Navigations-App schlaugemacht. War es nur Kerschbaumers Eindruck, oder wurde der Zahlenfimmel immer bedenklicher?

»Er hält die Bosnier für schuldig und will keiner anderen Spur nachgehen«, sagte Hilde mit einem gequälten Schmunzeln.

Hugo warf ein paar mächtige Fleischstücke auf den Rost. *Alles unter 400 Gramm ist Carpaccio*, scherzte er.

Jaja, Rinderfilet krümelt nicht!, rief ein Gast. *Lieber ein bisschen besser, aber dafür etwas mehr.* Gelächter.

»Und was glaubt ihr?«, fragte der Wiener.

Hilde und Feiersinger blickten einander an.

»Wir haben nicht die geringste Ahnung«, gestand Hilde. »Es gibt keinerlei Anhaltspunkte. Klar, Bruchbichler war ein komischer Kerl, aber wir finden nichts, was einen Mord rechtfertigen würde.«

Nach dem Geflügel gab es Spareribs vom Drehspieß, schließlich Steaks vom glücklichen Nockalmrind mit Ofenkartoffeln. Hugo erklärte, wie man das schöne Rautenmuster hinbekäme – nämlich mit dem *Zehn-Uhr-Zwei-Uhr-Trick*: erst das Steak auf den Grill legen, dass es in Richtung zehn Uhr zeigt, dann so drehen, dass es in Richtung zwei Uhr zeigt. Außerdem erklärte er, warum seine Marinaden so ausgesprochen köstlich seien und wie und wann man sie mit dem Fleisch zusammenbringen sollte. Und dann gab es noch ein paar bewährte Sprüche, die an den Tischen mit zufriedenem Grunzen aufgenommen wurden.

»Und das Casino – ja, das ist natürlich ein heißes Eisen.« Feiersinger ließ sich sprachlich von den Umständen inspirieren. »Aber wer würde dafür einen Mord und lebenslange Haft riskieren?«

Kerschbaumer trank einen Schluck Weizenbier, nicht alkoholfrei, wie er es sich eigentlich vorgenommen hatte. Es war ein ereignisreicher Tag gewesen. Und er war froh, diesen Fall nicht lösen zu müssen.

Nun begann Hugo, Gemüse zu grillen, Auberginen und Karotten, Zucchini und Fenchel, was bei vielen Gästen überhaupt nicht gut ankam. *Ich habe mich doch nicht an die Spitze der Nahrungskette vorgearbeitet, um jetzt Gemüse zu essen!*, hörte man von einem der Tische. Ja, Grillfreunde waren doch eher strukturkonservativ. Ein Stück Gemüse fiel zu Boden. *In dieser Küche kann man vom Boden essen – man findet immer was.*

»Nummer 7«, sagte Feiersinger schließlich.

»Wie bitte?«, fragte Kerschbaumer irritiert.

»Das ist der siebte Witz, den der Grillmeister bringt.«

Kerschbaumer fragte sich, was Feiersinger sonst noch so alles zählen mochte.

Das Abendessen ging in harmonischem Geplauder zu Ende, Kugelgrill Hugo watschelte von Tisch zu Tisch, um sein Lob abzuholen.

Auf dem unbeleuchteten Parkplatz, der aus nichts als festgetretener Erde bestand und einige arge Schlaglöcher aufwies, hakte Hilde sich bei Kerschbaumer unter, einfach so. Und das gefiel dem Wiener Chefinspektor ganz außerordentlich.

VIERZEHNTER URLAUBSTAG

Freitag, 15. August

WETTER

Das angekündigte Tiefdruckgebiet, das sogar die Schneefallgrenze auf 2000 Meter sinken lassen soll, bleibt völlig aus, und der Sommer macht ungerührt weiter.

BESONDERE VORKOMMNISSE

Im Testspiel zwischen dem FC Raiffeisenbank Bad Kleinkirchheim und dem Bundesligisten Linzer ASK verlieren die Hausherren trotz Blitzführung nach 35 Sekunden mit 1:3. Im Anschluss an das Spiel, das live im Regionalfernsehen übertragen wird, stehlen unbekannte Täter einen Kamerakoffer samt Inhalt – darin befindet sich eine teure Fernsehkamera. Der Schaden beläuft sich auf 30 000 Euro.

37. Der Ausflug nach Wien

Den Vormittag verbrachte Kerschbaumer beim Golf. Coach Bob winkte aus der Ferne und rief ihm ein paar Anweisungen zu. Er traf keinen einzigen Ball, lernte dafür aber, dass er sein Repertoire an Flüchen schnell vervielfältigen konnte, wenn er basische Schimpfwörter fantasievoll miteinander kombinierte. Nach einem allzu gesunden Mittagessen im Hotel – noch immer musste er daran denken, dass Bodybuilder an manchen Tagen literweise Eis löffelten – rief er Moreno an, um sich zu erkundigen, was genau der Bad Kleinkirchheimer Chefinspektor Trevisol denn in der großen Hauptstadt gewollt hatte.

»Ja, er war hier«, sagte Moreno.

»Und was wollte er?«

»Wir haben das auch nicht so recht verstanden«, schnarrte es aus dem Handy. »Er wollte den Polizeidirektor sprechen, oder Interpol, oder am liebsten noch den Innenminister. Hätte er seinen Dienstausweis nicht vorgezeigt, wäre er wohl nicht mal unten am Pförtner vorbeigekommen. Hat der noch alle Lampen im Kronleuchter, oder ist der schon ein bisschen hinüber?«

»So ist er.«

»Und hat er mit dem Annig gesprochen?«

»Ja, aber was da genau beredet wurde, muss ich noch rausfinden. Er wollte auch alles über dich wissen.«

»Nicht dein Ernst?«

»Ja, tatsächlich. Über deine Verbindung zu Falko und warum du ausgerechnet dann vor Ort bist, wenn er erschossen wird.«

Das irritierte Kerschbaumer doch sehr. »Ist der Typ verrückt?«

»Aber hallo! Das weißt du doch besser als wir.«

»Glaubt der, dass das nicht rauskommt, dass er sich in meinem Revier nach mir erkundigt hat und auch noch …«

»Nun mach dir mal keine Sorgen«, beruhigte ihn Moreno. »Wir haben ihn auflaufen lassen, ist doch klar. Ich glaube, er hätte gar nix dagegen, wenn du es erfährst. So eine komische Schulhofnummer ist das. Du hast mir meine Murmeln geklaut, ich weiß, was du als Nächstes tust.«

»Gut zu wissen. Ist er noch in Wien?«

»Gerade abgereist. Merkwürdiger Kerl, halte dich von ihm fern.«

»Ich hatte keine großen Ambitionen, mit ihm Brüderschaft zu trinken. Erzähl, was gibt es sonst Neues?«

»Du bist doch im Urlaub.«

»Ach komm, lass hören. Ich will ja nicht bei meiner Rückkehr von vorn anfangen.«

Moreno schabte den Hörer an seiner schlecht rasierten Wange entlang. Das war eine Angewohnheit, die Kerschbaumer und Kollegen im Arbeitsalltag gut beobachten konnten. Aber es jetzt einmal aus der Perspektive eines Gesprächspartners zu hören, war fast schon ein Privileg.

»Was macht der verrückte Flatearther?«, fragte Kerschbaumer. Der Flatearther war wie Kaugummi unter dem Schuh, lästig und nie ganz fortzubekommen. Und er raubte den Wiener Ermittlern beinahe täglich Zeit.

»Verteilt wie immer vor dem Revier seine Flugzettel.«

»Immerhin kettet er sich jetzt nicht mehr an öffentlichen Gebäuden fest.«

»Er ist jetzt aber von der Scheibe auf Echsenmenschen umgeschwenkt.«

»Echsenmenschen?«

Moreno erklärte ihm, dass es Leute gibt, die daran glaubten, Reptiloide herrschten über uns. »Queen Elizabeth ist eine Echse. Die Merkel auch. Trump dagegen, der war kein Echsenmensch und musste deswegen gehen. Und der Kurz, der ist mindestens ferngesteuert. Weißt du noch, als er neulich in der Fernsehdiskussion statt *Organismus Orgasmus* sagte und alle sich weggelacht haben? Da gab es wohl eine Frequenzstörung zwischen ihm und den Reptiloiden, ausgelöst durch die vielen Fernsehkameras.«

»Wir werden also von Echsen beherrscht, meint der Flatearther?«

»Genau.«

Kerschbaumer hatte es schon länger geahnt, vor allem wenn er hier im idyllischen Bad Kleinkirchheim war: Das Großstadtleben tat den Leuten einfach nicht gut.

Nächstes Thema: »Was machen die Autoschrauber von Liesing?«

»Halten sich zurück. Zwei Lamborghinis haben wir beschlagnahmen können, standen in einer Werkhalle. Wir sind noch am Sichern der Spuren, vielleicht finden wir einen Fingerabdruck, der uns weiterhilft.«

»Sonstiges? Mord, Totschlag, Weltrevolution?«

»Alles ganz entspannt. Die warten alle, bis dein Urlaub vorbei ist, um wieder loszuschlagen«, scherzte Moreno.

»Was habe ich für ein Glück.«

»Übrigens …« Moreno druckste herum, heftige Schabgeräusche vom Hörer an den Bartstoppeln waren zu vernehmen. »Gegen deine Ex wird ermittelt.«

Kerschbaumer war weniger schockiert, als er gedacht hatte. »Ach? Was wird ihr denn vorgeworfen?«

»Geldkram. Steuerhinterziehung, Subventionsbetrug.«

»Nichts, was mich betrifft?«, fragte Kerschbaumer trotzdem vorsichtshalber.

»Nein, oder hast du noch irgendwo eine Leiche im Keller?«

38. Alles zu haben

»Buongiorno, John Porno!«, rief der Bodybuilder mit dem blond gefärbten Bürstenschnitt in die Runde, als er Werners Studio Ruckizucki Fit betrat.

Gut gelaunte Fitnessstudiogänger waren Kerschbaumer schon immer ein Gräuel. Ein Gym war doch ein Ort der Katharsis, der inneren Reinigung durch das Leid, das man durchmachte, eingezwängt in Maschinen, eingeklemmt unter viel zu schweren Gewichten, ständig im anaeroben Bereich hechelnd. Wie konnte man da fröhlich sein?

Doch der Mann war kaum zu bremsen und trug natürlich noch ein T-Shirt mit dem Spruch: *Es kommt nicht aufs Auto an, sondern auf den Arm, der aus dem Fenster hängt.*

Er scherzte und flachste auf seinem Weg zu den Freihanteln, dann blieb er vor Kerschbaumer stehen, der am Kabelzug beim Trizepsdrücken keuchte. Er machte extra noch ein paar Wiederholungen in der Hoffnung, dann in Ruhe gelassen zu werden, doch die extra Anstrengung war nicht zielführend. Außer vielleicht für den Trizeps.

»Ey, dich kenne ich noch gar nicht. Bin der Alois.«

Alois hielt ihm die verschwitzte Pranke hin, die er widerwillig schüttelte.

»Wendelin«, antwortete Kerschbaumer.

»Wendelin? Krass! Das ja mal 'n Name!«

Kerschbaumer konnte sich selten vorstellen, ohne dass sein Vorname unkommentiert blieb, daher nahm er das seinem Gegenüber nicht einmal übel. In Alois' quadratischem Gesicht war die Nase groß und platt, die Lippen strahlten in Vorfreude auf den nächsten Proteinshake. Seine Haut glänzte in einem tiefen Bronzeton, und es war sicher nicht die Augustsonne, die das erreicht hatte. Er hatte starken Bartwuchs und pflegte offenbar einen eher laxen Umgang mit dem Rasierer – unter den Nasenlöchern, dieser schwer erreichbaren Stelle, sprossen borstige Büschelchen.

»Machst du Urlaub hier?«, bohrte Alois weiter.

»Ja. Oben in BKK.«

»Allein?«

»Ja.«

»Ey, wenn du was brauchst«, jetzt kam er ganz nah heran, und Kerschbaumer konnte riechen, dass er sein Deodorant vergessen hatte, »egal was – wende dich an mich. Upper, Downer, Thais, bisschen was für die Muckis oder für den Spaß …«

»Gut zu wissen.« Selbst das wollte Kerschbaumer ignorieren, Urlaub war Urlaub.

In diesem Augenblick schoss Werner aus dem Vorraum hervor und zog Alois panisch zur Seite. Zu frisch war noch der Zwischenfall mit den Clenbuterol-Pillen vom Winter, und Werner wollte den Binnenfrieden mit der Polizei auf keinen Fall gefährden. Flüsternd erklärte er ihm, wen er da vor sich hatte, und Alois rutschte das Grinsen aus dem Gesicht. Mit herunterhängenden Ohren machte er sich auf den Weg zum Laufband, und Kerschbaumer wusste, dass er heute und in den nächsten Tagen vor Alois seine Ruhe haben würde.

39. Information gegen Information

Moreno hatte Kerschbaumer die Handynummer von Natalina besorgt, denn wie in diesem Milieu üblich, wurden die Nummern – und auch die Geräte selbst – alle zwei bis drei Monate gewechselt, und hier im Urlaub war Kerschbaumer vom Informationsfluss der Wiener Halbwelt abgeschnitten. Kerschbaumer hatte ihr eine SMS geschickt, und sie hatte gleich geantwortet. Er wollte wissen, was sie wusste. Und sie hatte bestimmt auch nichts dagegen, ein paar Dinge von der Polizei zu erfahren.

Wie in diesem Milieu üblich, wusste Natalina auch in Bad Kleinkirchheim, wo es den besten Champagner gab: nämlich in einer für die Öffentlichkeit nicht zugänglichen Bar im Souterrain neben einer Enoteca im Ortszentrum. An der Tür war nicht einmal ein Schild angebracht.

Und wie in diesem Milieu üblich, wurde dauernd gepichelt, ohne dass irgendjemand jemals Anzeichen von Betrunkenheit zeigte, und schon gar nicht Natalina.

Und wie überall auf dieser Welt üblich, würde Kerschbaumer wohl oder übel für die Flasche bezahlen müssen, die Natalina bei dem Barkeeper orderte: einen Armand de Brignac.

Die Bar war auf den ersten Blick gar nichts Besonderes, aber dass jeder der tiefen Sessel ein Eames-Chair war, erkannte sogar der Architekturbanause Kerschbaumer.

Gedämpftes Licht fiel auf reichlich verbautes Mahagoniholz, aus dem dezent versteckten Soundsystem strömte tiefenentspannter Lo-fi Hip-Hop. Außer ihnen beiden waren nur noch ein italienisches Paar und zwei Russen zu Gast.

»Zum Wohl«, sagte Natalina und hob das Glas.

»*U korist.*«

Ich wusste gar nicht, dass du Kroatisch kannst.«

»Da hört es auch schon auf«, gab Kerschbaumer zu.

Mit Natalina war er immer bestens zurechtgekommen. Sie war eine Aufsteigerin mit der Beharrlichkeit einer Katze, die sich am Fliegengitter hocharbeitete und immer wieder abrutschte, aber irgendwann doch, weiter oben, festen Halt fand, jedenfalls für kurze Zeit. Sie war eine Profiteurin, sie war skrupellos – aber sie wusste, mit wem sie sich gut zu stellen hatte.

Vielleicht verstanden sie sich, weil er – wie Natalina – aus ganz kleinen Verhältnissen stammte, aus einer Familie, die auch alles tat, um sich über Wasser zu halten. Kerschbaumers Großvater, ein einfacher Bauer von der Seiseralm, hatte in der Nachkriegszeit den Schwarzmarkt von Meran unter Kontrolle, seine Großmutter war eine Ausgebüxte aus Hamburg, die eigentlich in den Süden wollte, aber dann auf der Durchreise in Südtirol hängen geblieben war. Sein Vater fiel durch die Matura, begann eine Lehre zum Koch, heiratete eine Wienerin und schaffte es mit einigen Tricks und Kniffen, die bei Familienfeiern unter viel Gelächter erzählt wurden, zum Direktor der Wirtschaftsdienste und Leiter der Personalverpflegung beim Verpackungsunternehmen Mondi. Ein Job, der wegen der enormen Einkäufe, für die er zuständig war, dafür sorgte, dass er fortan keinen Schilling mehr für Lebensmittel ausgeben musste, denn die Zulieferer zeigten sich großzügig, und wenn etwas fehlte, gab es ja die Küche, die Vorräte für fünfzehntausend Mitarbeiter lagerte. Mit einem beherzten Griff in die Kühlkammer war die Abspeisung der Familie am Wochenende geritzt.

Außenseiter hatten einen Blick füreinander. Sie operierten schließlich mit den gleichen Instrumenten.

»Weißt du, dass die Bosnier hier sind?«

»Kenan und Samir? Ja, natürlich.«

»Wissen sie, dass Falko sie verpfiffen hat?« Das war eine riskante Information, die Kerschbaumer preisgab. Andererseits: Der Einzige, dem sie schaden konnte, war jetzt tot.

»Hat er das? Das wusste ich nicht, aber ich habe mir so was Ähnliches gedacht.«

»Und wenn du dir so was Ähnliches gedacht hast, dann haben auch die Bosnier vielleicht so was Ähnliches gedacht?«

Natalina zuckte die Schultern und zündete sich eine Zigarette an, denn selbstverständlich durfte hier geraucht werden. Hier war man außerhalb jeglichen staatlichen Zugriffs.

»Du bist der Polizist.«

»Wegen Falko: Hast du einen Verdacht?«

»Nein.«

»Die Bosnier?«

»Nicht ihr Stil«, war sich Natalina sicher. »Außerdem wär's dumm. Wie sollten sie von einer Leiche das Geld zurückbekommen? Das sind Profis, denen geht es nicht um so einen Quatsch wie die Ehre.«

»Was war eigentlich mit diesem Turnier auf dem Golfplatz, das Falko geplant hat?«

»Reine PR-Maßnahme. Wäre gut gewesen. Damit hätten wir die Zocker schon mal im Ort gehabt.«

»Und Pit Nick will es auch.«

»Ja, aber der Club zickt noch rum.«

»Von den Luxuschalets der Pulracher weißt du?«

»Natürlich. Eine gewaltige Investition.« Natalina war immer interessiert, wenn sich viel Geld von A nach B bewegte. War ja gut möglich, dass auf der Strecke was für sie abfiel. »Ich weiß auch, dass sie nichts gegen unser Casino hat.«

Unser Casino. Es war deutlich, dass Natalina schon tief drinhing und zahlreiche potenzielle Stellen besetzt hatte. Ihr winkten feine Provisionen, wenn das Casino endlich den Betrieb aufnehmen würde. Hoch sechsstellig mindestens, überschlug Kerschbaumer. Vielleicht sogar niedrig siebenstellig.

»Mit ihr könntet ihr, du und Pit Nick, einen Kompromiss finden?«

»Ja.«

»Du bist Pit Nicks Managerin, wie du auch Falkos Managerin warst?«

»Ja.«

»Gehst du auch mit ihm ins Bett?«

Natalina blies Kerschbaumer Rauch ins Gesicht. Der zwang sich, nicht zu blinzeln.

»Bloß die Furter stellt sich quer gegen euer Casino, oder?«

»Noch.«

»Erzähl mir von ihr.« Bei Natalina brauchte er nicht lange herumzureden.

Und sie bei ihm ebenso wenig: »Was bekomme ich dafür?«

»Ich hab dir schon von den Bosniern erzählt.«

Natalina hielt Kerschbaumer das Glas hin. Der schenkte nach.

Die Russen, smart aussehende Businesstypen in gut sitzenden Anzügen, bezahlten.

»Ciao, Natalina«, sagten sie beim Rausgehen zu Natalina.

»Ciao«, gab Natalina zurück. Man kannte sich, man machte kein großes Aufhebens darum. Gegen diese Vernetzung würde die Polizei auf Jahre hinaus machtlos sein.

»Franziska ist das Casino im Prinzip auch egal«, sagte Natalina.

»Aber sie hat doch alles getan, um …«, setzte Kerschbaumer an.

»Sie hat zu viel Geld und zu wenig zu tun. Sie will in die Politik.«

»In die Politik?« Nun war Kerschbaumer doch überrascht.

Und Natalina erzählte ihm von der Gründung der Partei *Unser Kärnten*, die die Furter seit einigen Monaten vorantreibe. Sie selbst wolle als Spitzenkandidatin antreten, die nötige Kohle für einen Wahlkampf habe sie ja. Und der Protest gegen das Casino sowie die Schule »für die Bekloppten am See« (O-Ton Natalina) diene ausschließlich der Schärfung ihres Profils und einer möglichst umfangreichen Medienpräsenz. »Sie hält ihre Titten aus jedem möglichen Fenster« (O-Ton Natalina). »Mehr ist nix dahinter.«

Das war eine valide Information. Zumal die Furter von einer Partei oder auch nur irgendeinem politischen Engagement nie das Geringste erwähnt hatte. Kerschbaumer ahnte, dass die Frau keine Heilige war, aber für einen Mord doch wohl eher nicht infrage käme. Wer würde als Politiker schon über Leichen gehen? Obwohl, Moment mal …

Kerschbaumer bezahlte. Es war ein dreistelliger Betrag, der für heftige Geburtsschmerzen in seinem Portemonnaie sorgte, und er schwor sich, Natalina beim nächsten Mal nur zu einem Espresso zu treffen. Andererseits: Viele Informanten bekam man nur mit Champagner zum Reden. Sie wollten in ihrem natürlichen Habitat sein, ihrem Halbwelt-Ambiente von abgedunkelten Kellerbars, wo Champagner das Wasser war und der Gin in all seinen Mixturbegleitungen der *echte* Alkohol. Wo Vorschriften und Polizisten nicht zählten. Außerdem verstand er sich gut mit Moni von der Buchhaltung in Wien. Vielleicht konnte er die Rechnung ja einreichen.

Die beiden verließen die Bar, und Natalina, die hübsche Schlange, hakte sich bei ihm unter. Und bei jeder Treppenstufe schien sie ein klein wenig näher zu rücken. Das war Kerschbumer durchaus nicht unangenehm, obwohl er nicht die geringste Absicht hatte, sich auf irgendeine komische Geschichte einzulassen.

Das nachmittägliche Sonnenlicht traf sie beide wie die harte Realität. Natalina löste ihren Griff und verabschiedete sich kühl, und Kerschbaumer war enttäuscht.

Er war eben, musste er sich eingestehen, einfach nur ein sehr dummer Mann.

40. Ein Date mit Hilde

Heute Abend hatte er also ein Date mit Hilde. Ja, anders war das nicht zu deuten. Vielleicht redete er sich das auch nur ein, wie das dumme Männer nun einmal tun, aber ihre Nachricht war doch recht eindeutig gewesen – ob er Lust habe, mit ihr essen zu gehen. Klang das etwa dienstlich? Klang das so, als wäre Feiersinger mit dabei und würde die Körner im Pfefferstreuer zählen? Oder gar Trevisol, der ihn glatt zu verdächtigen schien, dieser Kretin? Und das Wort *Lust* – also, das schrieb man doch nicht einfach so?

Nein, der Abend sollte Hilde Hofgärtner und Wendelin Kerschbaumer gehören, und das freute ihn ungemein.

Sie trafen sich in der Einkehr an der Maibrunnabfahrt, der Chef hatte ihnen auf Kerschbaumers Bitte einen Tisch im ersten Stock gegeben, schön in der Ecke, hinter dicken Balken verborgen.

Kerschbaumer war selbstverständlich als Erster da, nahm Platz und war so weit recht zufrieden mit sich. Alles hatte er noch nicht verlernt in dieser Dating-Angelegenheit.

Es gab nur einen ganz schön dicken Haken: Hilde kam nicht.

Sie hatten sich für halb acht verabredet, und ab dreiviertel acht Uhr schaute Kerschbaumer erst verstohlen, dann immer öfter aufs Handy. Keine Nachricht von ihr, auch nicht, als es acht Uhr wurde und er sich ein Weizenbier bestellte. Sollte er selbst einmal nachhaken, oder wäre das unpassend? Da an seinem Tisch für zwei Personen eingedeckt war, schienen einige der Gäste nun doch etwas genauer herzuschauen. Um Viertel nach acht stand er auf und beschloss, Hilde von draußen anzurufen.

Vor der Tür traf er sie, die ihrerseits mit ihrem Handy hantierte.

»Da bist du ja«, sagten beide gleichzeitig, was sie zum Lachen brachte.

Und es wurde schnell klar, dass es zwischen ihnen endlich einmal nicht um den Fall gehen würde. Ohnehin würde heute Abend nichts in irgendeiner Form die Ermittlungen voranbringen können. Alles Dienstliche musste sich gedulden und bis morgen warten.

Jedenfalls hatte es erneut Ärger mit Hildes Ex-Freund gegeben, und das war zunächst auch das Gesprächsthema des Abends. Fridolin Viehböck, Tunichtgut, Hauptberuf Erbe, Nebenberuf Frauenflüsterer, war erneut um ihre Wohnung herumscharwenzelt und stand sogar vor ihrer Tür, als sie gerade aufbrechen wollte. Aber wenn er doch schon mal da sei, könne man doch reden oder vielleicht auf ein Glaserl irgendwohin gehen … Sie habe sich das eine Zeit lang angehört und ihm dann wortlos zwischen die Beine getreten.

»Also, nicht mit voller Wucht. Aber so, dass die Botschaft ankam.«

Erst der Magnet, dann der Tritt: Sie mochte eine zierliche Person mit unschuldig schaukelndem Pferdeschwanz sein, aber man kam ihr besser nicht krumm.

Dann sollte Kerschbaumer von sich und seiner gescheiterten Ehe erzählen, was er nur widerwillig und erst nach mehrmaligem Insistieren tat. Seine Ex-Frau hatte immer mehr gewollt. Als sie das erste Mal auf den Adabei-Seiten der Wiener Presse auftauchte, war sie wie elektrisiert gewesen und wollte aus dem Ruhm allein ein Geschäftsmodell aufbauen, als sei sie eine sechzehnjährige Influencerin und keine Event-Managerin, die Partys für den örtlichen Autohändler oder das Jugendtheater organisierte. Schließlich verlangte sie sogar, Kerschbaumer möge in die Politik gehen, sich für ein Amt bewerben, sie wären doch das ideale *Power Couple* – Kerschbaumer sprach das Wort aus, wie sie es tat, *Paaaaauer Kappl*, als wäre das lang gezogene A schon ein Erfolgsgarant.

Irgendwann lernte sie dann auf einem dieser Events einen echten Politiker kennen und ließ sich auf eine Affäre ein, der Kerschbaumer spielend auf die Schliche kam. Daraufhin versuchten sie es noch ein paar Mal miteinander, aber irgendwann mussten sie sich eingestehen, dass die Ehe gescheitert war. Kinder waren zu Kerschbaumers Bedauern nicht vorhanden, was den ganzen Prozess aber recht geräuschlos und einigermaßen schmerzfrei über die Bühne brachte. Seine Ex-Frau tat sich fest mit dem Politiker zusammen, der als ÖVP-Hoffnungsträger galt, bis er sich schließlich dem Anwaltsbüro von Jürgen Mossack und Ramón Fonseca anvertraute und sein Name in den Panama Papers auftauchte, mit einer Briefkastenfirma, die ein Vermögen von fünfzehn Millionen Euro verwaltete. Damit war sein Ruf ebenso ruiniert wie sein Vermögen. Er musste in eine Mietwohnung ziehen, und die Ex von Kerschbaumer wurde nun auch zur Ex des Politikers.

»Er fuhr übrigens einen Porsche Targa, so wie dein Fridolin. Ist ja auch ein schönes Auto.«

»Ja, mein Ex und deine Ex hätten sich vermutlich gut verstanden.«

Nach dem Essen und einem Espresso gingen sie ins Freie und setzten sich an den kleinen Angelteich. Die Feuerschalen, die auf der Terrasse der Einkehr aufgebaut waren, tauchten den warmen Augustabend in ein ganz besonderes Licht, das auf der Wasseroberfläche hin und her flackerte. Allerdings war es ziemlich kühl hier am Wasser, Hilde fror, rückte ganz nah an ihn heran und nahm wie selbstverständlich seine Hand.

Sie redeten nicht mehr viel, sondern konnten auch miteinander schweigen, was Kerschbaumer als sehr gutes Zeichen wertete. Bestimmt zwanzig Minuten saßen sie da. Kerschbaumer hatte seinen Arm um ihre Schultern gelegt, Hilde den ihren um seine Hüfte, und so gingen sie dann zu ihrem Auto.

Und dann verabschiedeten sie sich.

Mit einem Kuss.

Aber so richtig, auf die Lippen und mit Zungenspitze.

Dann fuhr Hilde davon.

Kerschbaumer lief auf dem Weg ins Hotel beinahe gegen eine Laterne.

FÜNFZEHNTER UND LETZTER URLAUBSTAG

Samstag, 16. August

WETTER

Der Sommer scheint es sich gemütlich einzurichten. Viele Sonnenstunden, ein paar hingetupfte Schäfchenwolken, wie geschaffen für den Aquarellmalkurs, der heute im Pulracher unter der Leitung von Godehard Wunderbar startet.

BESONDERE VORKOMMNISSE

Passanten in Villach finden vor der Kreuzkirche einen offenbar verletzten Auerhahn, der sich nicht mehr bewegt. Die Polizei sperrt die Straße. Unverzüglich rückt eine Expertin aus, die feststellt: Es handelt sich tatsächlich um einen Auerhahn. Doch er ist ausgestopft. Es handelt sich um einen Streich. Der Auerhahn wurde von der Tierrettung »artgerecht versorgt« (5min.at).

41. Die Fast-Anzeige

Was war das für ein aufregender Abend gewesen! Und was für ein Kuss! Rumknutschen, fiel Kerschbaumer ein, hieß auf Italienisch *limonare,* wie ihm als Teenager einmal eine Urlaubsliebe am Strand von Grado erklärt hatte. Was für ein schönes Wort für so eine schöne Sache!

Als Kerschbaumer von seinem vormittäglichen Spaziergang zurück ins Hotel kam, nahm er das Handy vom Ladekabel. Er sah, dass er einige Anrufe verpasst hatte, alle von Hilde. Er rief zurück. Zu seinem Bedauern war es jedoch ein dienstlicher Anruf.

»Du wirst nicht glauben, wer gerade bei uns im Revier war!«

»Na sag schon.«

»Die Pulracher und diese Natalina Nataschitsch-Fitschtschisch!«

»Nadalić-Filipović.«

»Die beiden kamen also ins Revier«, begann Hilde zu erzählen, »mächtig parfümiert und aufgebrezelt bis dorthinaus, und sie waren wild entschlossen, Anzeige zu erstatten.«

Hilde berichtete, wie aufgebracht die beiden gewesen waren. Natalina hatte nach Luft geschnappt, und beide hätten gefragt, ob sie rauchen dürfen. Das war eigentlich untersagt, aber da sie so derangiert wirkten, hatte Trevisol es ihnen gestattet. Mit zitternden Händen hatten sie einander ihre Memphis White 100 angezündet. Es wirkte wie ein einstudiertes Ballett.

Trevisol hatte gefragt, weshalb sie Anzeige erstatten wollten.

»Eine Anzeige wegen, ich weiß nicht, Erpressung vielleicht?«, hatte die Pulracher verwirrt geantwortet.

Hilde hatte die beiden gebeten, doch einmal genau zu erzählen, um was es ginge. Und nach einem ganz tiefen Zug an ihren langen Zigaretten – und nachdem der immer noch verliebte Feiersinger ihnen hastig einen Aschenbecher organisiert hatte (einerseits, um die Pulracher zufriedenzustellen, andererseits, um sein Büro sauber zu halten), hatten sie endlich zu erzählen begonnen.

Sie hätten in den letzten Tagen mehrmals mit der Franziska Furter konferiert. Jedenfalls wäre sie, die Furter, bereit gewesen, gegen eine Zahlung an ihre Partei sowie eine großzügige Unterstützung der lokalen Netzwerke ihren Widerstand gegen das Casino aufzugeben. Sei das nicht Erpressung oder Bestechlichkeit oder wie auch immer man das nenne? Die Pulracher hingegen habe weiterhin ganz auf unschuldige Bergbäuerin gemacht, und Natalina hätte sowieso nur geschwiegen und geraucht.

»Aber jetzt kommt's«, rief Hilde ins Telefon. »Am Ende entschieden sich die beiden nämlich, auf eine Anzeige zu verzichten. Sie fragten aber, ob sie eine *Quittung* für ihr Kommen haben könnten?«

Trevisol, Hilde und Feiersinger hätten etwas ratlos geschaut. Aber die Pulracher hätte weiter insistiert, sie wolle eine Art Bestätigung, dass sie bei der Polizei gewesen sei.

»Möglicherweise, um diese Bestätigung ihrerseits der Furter zu zeigen«, mutmaßte Hilde.

»Du liebe Zeit«, stöhnte Kerschbaumer. »Hat sie das alles nur vorgetäuscht?«

»Eine gute Schauspielerin ist sie, ohne Frage. Ich weiß es nicht.«

Die Pulracher wollte etwas gegen die Furter in der Hand haben. Aber ging es dabei nur um das Casino – oder um viel mehr?

Kerschbaumer erzählte Hilde von Furters politischen Ambitionen.

»Ich hatte das für ein Gerücht gehalten, aber da scheint sich ja wirklich was zu bewegen«, antwortete Hilde.

»Aber warum sollte die Furter mit ihren achtzig Millionen Euro auf die Pulracher oder gar Natalina Rücksicht nehmen wollen?«, grübelte der Wiener Ermittler.

»Das kann ich dir sagen. Du kannst auf die aktive Hilfe der Pulracher bestimmt verzichten. Aber zumindest in Kärnten kriegst du auch keinen Fuß auf den Boden, wenn du sie zur Gegnerin hast.«

***

Kurz nach Hildes Anruf traf Kerschbaumer die drei Kärntner Ermittler in der Greisslerei. Trevisol rührte in seinem Cappuccino. Trevisol und Cappuccino – das sah irgendwie falsch aus. Alles Genießerische schien dem Griesgram komplett abzugehen, aber er blickte dann doch zufrieden, als er den ersten Schluck probiert hatte. Kerschbaumer stellte sich nur kurz zu ihnen. Er überlegte, den Kollegen Chefinspektor auf seine Wienreise anzusprechen, von der er soeben zurückgekehrt sein musste, ließ es dann aber doch sein. Vielleicht hatte er ja dort gelernt, einen Cappuccino zu trinken statt einen Einspänner mit einer dicken Haube aus Schlagobers?

»Morgen will der ORF in den Ort kommen«, eröffnete Feiersinger, was die Laune der anderen nicht gerade hob.

»Schon wieder?«, stöhnte Trevisol. Der Milchschaum in seinen Mundwinkeln ließ ihn ein bisschen irre wirken, was recht gut passte.

»Recht auf Informationen und so, Sie wissen doch, wie das ist. Sie wollen erst mit dem Bürgermeister sprechen«, Feiersinger nickte Trevisol zu, »dann mit Ihnen.«

»Du hast doch hoffentlich abgesagt?«, krächzte Trevisol.

»Äh, nein, ich denke, das ist doch eine gute Gelegenheit, um …«, setzte Feiersinger an.

»Ach Unsinn, in laufenden Ermittlungen stelle ich mich doch nicht vor die Kamera und mache den röhrenden Hirsch!« Trevisol blickte lauernd Kerschbaumer an. Das wäre, so dachte er wohl, keine schlechte Gelegenheit, den Wiener dumm dastehen zu lassen. »Vielleicht will ja unser urlaubender Chefermittler aus der Hauptstadt dem ORF die Neuigkeiten verkünden?«

»Die Neuigkeiten, dass es keine Neuigkeiten gibt und dass in der Hauptsaison immer noch ein mutmaßlicher Mörder umherläuft?« Kerschbaumer tat, als überlegte er angestrengt. »Eine verführerische Option. Aber nachdem ich via Bürgermeister Oberhuber ja schon einmal für schlechte Stimmung allenthalben gesorgt habe, denke ich, dass ich künftig alles den einheimischen Fachkräften überlassen werde.«

Nun kujonierte Trevisol den armen Feiersinger. Wie der überhaupt dazu käme, in seiner Abwesenheit und ohne Rücksprache Termine mit den feinen Leuten von den Medien einzutüten? Kerschbaumer ahnte, dass die Luft etwas zu dick wurde, zahlte den Kaffee für alle, empfahl sich mit einem kurzen Kopfnicken und einem kecken Zwinkern in Richtung Hilde.

Was Hilde anging, hatte er sich schon lange nicht mehr so wie ein Teenager gefühlt.

***

Nach einem Spaziergang auf der Talrunde, bei der Kerschbaumer ein kurzes Zwiegespräch mit einem zutraulichen Schaf führte, das den Kopf geschickt durch den Drahtzaun steckte, kam er pünktlich zum Mittagssalat zurück ins Hotel und entdeckte auf dem Handy eine SMS von Hilde. Ob man heute wieder gemeinsam zu Abend essen wolle, unten beim Metzgerwirt?

Voller Euphorie versuchte er am Nachmittag, erstmals den Wanderweg bis St. Oswald zu bezwingen, aber nach zwei Kilometern stramm bergauf ging ihm die Puste aus. Die Muskeln wollten zwar noch, aber er wurde kurzatmig. Lag es an der Höhenluft? Und dann überholte ihn auch noch eine Kleinfamilie, die fröhlich schwatzte. Kerschbaumer bemühte sich, so zu atmen, dass man ihm die Anstrengung nicht anmerkte. Ein paar Minuten wollte er wenigstens noch durchhalten. Die Kleinfamilie in ihrer quietschbunten Funktionskleidung zog uneinholbar davon.

Und dann, nach einer Biegung, öffnete sich ganz plötzlich der Blick ins Tal, über das Luxushotel Pulracher, die Dorfstraße und den Bach. Er sah den Kirchheimerhof, Nadelwälder umrahmten grüne Zungen, die in wenigen Monaten zu Skipisten werden würden. Es war schon ein erstaunlich romantisches Eckchen, gar keine Frage. Dieser Mord an dem armen Falko – der konnte sich eigentlich unmöglich hier zugetragen haben. Und schon war Kerschbaumer mit seinen Gedanken wieder bei dem Fall und machte sich Vorwürfe. Hatte er etwas übersehen? War er einen faulen Kompromiss zwischen Urlaub und Nachschnüffeln eingegangen? Hätte er besser ermitteln müssen? Ja, war er das nicht sogar Falko irgendwie schuldig?

Er zwang sich, noch eine halbe Stunde weiterzugehen, um aus der Puste zu kommen und an etwas anderes denken zu können.

42. Beim Metzger

Kerschbaumer holte Hilde mit seinem Auto ab. Sie hatte ihm eine Adresse oberhalb des Ortes in Richtung St. Oswald gegeben. Ja, mit dem Auto war der Anstieg deutlich angenehmer zu bezwingen.

Von dort hatte man einen beeindruckenden Blick aufs Tal. Hilde wartete schon vor der Tür des schmucken, holzvertäfelten Einfamilienhauses – was Kerschbaumer bedauerte. Zu gerne hätte er Hildes Wohnung gesehen.

Sie schwang sich gekonnt in seinen Volvo.

»Schön hier oben«, fand Kerschbaumer. Vor allem jetzt, in dem orangeroten Abendlicht.

»Ich muss dir beizeiten mal die Aussicht zeigen«, gab Hilde zurück, und dem Wiener gefiel die Vieldeutigkeit dieser Aussage.

In Bad Kleinkirchheim an der Hauptstraße angekommen, überquerten direkt vor ihnen Conny Koblinger und ihre Tochter die Straße. Conny trug eine Einkaufstüte des nahen Supermarktes in der einen Hand, mit der anderen zog sie Larissa mit sich, die immer wieder kurz stehen blieb und erfreut auf etwas zeigte. Conny zerrte sie weiter. Es war ein anrührendes und zugleich trauriges Bild.

»Diese Koblinger hat auch so ihre Ideen, das kann ich dir sagen«, seufzte Kerschbaumer.

»Kein Wunder, sie hat ja auch sonst nichts zu tun.«

»Na ja, sie hat immerhin ein behindertes Kind.«

»Nein, so meine ich das nicht. Aber stell dir vor, was es bedeutet, so weit oben zu sein und dann so tief zu stürzen.«

»Was meinst du damit?« Kerschbaumer wurde hellhörig.

»Sie war die Schönste im Ort. Ist es vielleicht immer noch.«

Kerschbaumer spürte Hildes prüfenden Blick und zuckte mit den Schultern. Natürlich fand er Conny attraktiv, aber er fühlte sich nicht im Geringsten zu ihr hingezogen. Bei Hilde dagegen mit ihren hellblauen Augen und ihrer Haut aus Meißner Porzellan war das etwas ganz anderes, und wer weiß, was er sonst noch alles an ihr wertschätzen würde. Aber dann schweiften seine Gedanken wieder zu Conny.

»Ich verstehe immer noch nicht, worauf du eigentlich hinauswillst.«

»Sie war die Schönste im Ort«, wiederholte Hilde. »Sie war Dritte bei der Wahl zur Miss Kärnten.«

»Ach was?«

»Ja, ein paar Monate später wurde sie zur Siegerin erklärt, denn Platz eins bekam Drogenprobleme. Platz zwei zog sich für den *Playboy* aus und machte dabei den Fehler, ihre Miss-Kärnten-Schärpe nicht abzulegen, was gegen die vertraglichen Bestimmungen verstieß. Und so wurde Conny zur Siegerin gekürt. Sie machte Werbung für Hirter und war sogar für Swarovski im Gespräch. Und sie war in einem ÖBB-Spot fürs Fernsehen zu sehen. Da war sie 21 Jahre alt, sie sah wirklich zum Anbeißen aus. Angeblich hatte sich der Lugner schon gemeldet, um sie mit auf den Wiener Opernball zu schleifen.«

»Und dann kam das Kind?«, vermutete Kerschbaumer.

»Genau. Sie wurde schwanger.«

»Wer ist der Vater?«

»Das ist ja das Merkwürdige. Sie sagte es nie, dabei hätte sie allen Grund gehabt.« Hilde bremste scharf, um eine bunt gescheckte Katze über die Straße zu lassen. »Vor allem nach der Geburt, als feststand, dass, na ja, Larissa viel Hilfe gebrauchen würde. Wahrscheinlich hat sie sich mit dem Vater heimlich geeinigt. Sie hat jedenfalls bis heute geschwiegen.«

***

Der Metzgerwirt unten in Radenthein hatte den Vorteil, dass nicht alle Hilde unweigerlich erkannten; mit etwas Glück würden sie kaum auffallen zwischen den vielen Urlaubern. Und so war es, ihr Ecktisch war von einer italienischen Kleinfamilie und einem deutschen Ehepaar abgeschirmt. Die Einheimischen saßen ein paar Tische weiter, bekamen aber nichts vom Gespräch der beiden Ermittler mit. Und auch nichts von der wie zufälligen Berührung ihrer Hände, als Kerschbaumer Hilde Wasser nachschenkte.

Es entwickelte sich alles ausgesprochen angenehm. Die Sonne ging unter, eine Kerze auf dem Tisch sorgte für heimelige Atmosphäre, genau richtig für ein Date. Doch Kerschbaumer hatte Schwierigkeiten, sich zu konzentrieren. Es war, als müsste ihm etwas einfallen, als wäre eine Idee in ihm herangereift, die sich aber noch nicht so recht zeigen wollte. Endlich kam die Vorspeise, eine köstliche Terrine vom selbst geräucherten Fisch mit einem spritzigen Grünen Veltliner. Kerschbaumer fiel der Jahrgang des Weins ins Auge.

»Wie alt ist Larissa eigentlich?«, hörte er sich fragen, ohne zu wissen, wie er darauf kam.

»Larissa Koblinger?« Auch Hilde war überrascht. »Sechzehn, glaube ich.«

Er dachte an Larissa. Dabei wollte er doch viel lieber darüber nachdenken, wie er noch an diesem Abend die Aussicht von Hilde Hofgärtners Schlafzimmer aus genießen könnte – und vielleicht noch einiges mehr.

Stattdessen raste ein Blitz durch Wendelin Kerschbaumers Hirn. Er zuckte regelrecht zusammen, wie ein Mensch, der kurz eingeschlafen war und dann hochschreckte. Er holte sein Handy hervor und scrollte, bis er ein Foto des Mordopfers Falko Bruchbichler fand. Bloß war Falko da noch nicht ermodert, sondern grinste fröhlich in die Kamera.

»An wen erinnert dich sein Gesicht?«

Hilde schaltete das Innenlicht an und runzelte die Stirn. Es wurde still am Tisch, im Restaurant, in der Welt.

Dann zog sie erschrocken Luft ein. »Larissa!«

Larissa und Falko – wenn man es erst einmal gesehen hatte, dann gab es nicht mehr den geringsten Zweifel. Die gleiche Nase, die gleiche unregelmäßige Augenpartie: Falko musste Larissas Vater sein! Das war es also, was Kerschbaumer in all den Tagen in Bad Kleinkirchheim so beunruhigt hatte – er hatte stets die jüngere, weibliche Version des Mordopfers vor Augen gehabt.

»Just vor sechzehn Jahren ist Falko aus Bad Kleinkirchheim fortgegangen«, wusste Hilde. »Als Larissa auf die Welt kam. Aber was bedeutet das?«

»Ich weiß nicht, ob es etwas bedeutet. Ist Feiersinger noch im Büro?«

Hilde holte ihr Handy hervor und rief durch. Sie wusste, was der Wiener Ermittler vorhatte.

»Volker, tu uns einen Gefallen. Ruf in Klagenfurt an. Funkzellenabfrage, dringend. Wir brauchen Conny Koblingers Handydaten der vergangenen vierzehn Tage. Hast du ihre Nummer? Gut. Sag, es ist dringend. Ja, ich weiß, dass ich das schon gesagt habe.«

Hilde legte ihr Handy beiseite. »Jetzt heißt es abwarten.«

»Wie lange brauchen die Kollegen?«, fragte Kerschbaumer.

»Mit Glück und den richtigen Leuten, die Überstunden machen, eine halbe Stunde, höchstens.«

»Tja, und bis dahin?«

»Bis dahin trinken wir noch was.«

Die Sommelière kam an den Tisch und empfahl einen Riesling. Wenig später wurde auch schon die Rehnuss serviert, das magere Fleisch aus der Hinterkeule, mit süßsauer eingelegtem Blaukraut und karamellisierten Birnen, gewürzt mit Rosmarin und Wacholder.

»Ich hatte mir den Abend irgendwie anders vorgestellt«, versuchte Kerschbaumer zu scherzen.

Hilde lächelte. »Ja, ich wollte dir wirklich noch die Aussicht zeigen.«

Aber schnell waren sie wieder bei dem Fall. Und bei Conny Koblinger.

»Wieso hat sie nie etwas gesagt über die Vaterschaft?«, wunderte sich Kerschbaumer. »Das ist doch heute keine große Sache mehr.«

»Vielleicht gab es eine Art Pakt«, vermutete Hilde und zog sich am Ohrläppchen.

»Einen Pakt?«

»Ja, so etwas kommt vor. Wie ist das Reh?«

»Oh, ausgezeichnet.« Aber beide wussten, dass das gerade vollkommen egal war. Das Reh hätte auch ein Stück Kohle auf Stroh, Gerümpel und Autoreifen sein können, sie hätten es gar nicht bemerkt. Beide waren leidenschaftliche Ermittler, und sie warteten auf den Anruf. Wie viel einfacher wäre es, die Funkzellenabfrage bei jedem Kriminalfall ganz allgemein durchzuführen, doch das durfte die Polizei nur bei begründeten Verdachtsfällen. Einmal hatte sich Kerschbaumer bei einem ganz üblen Vergewaltigungsfall in Meidling darüber hinweggesetzt – und war kurz vor einem Amtsmissbrauchsverfahren gestanden.

Die Sommelière schenkte gerade nach, als Hildes Handy lautlos über den Tisch hüpfte.

43. Conny im Abendkleid

»Ich fahre!«

Kerschbaumer konnte gar nicht anders, als Hilde Hofgärtner die Schlüssel und den Fahrersitz zu überlassen. Sie schaltete munter, denn wie alle Bergbewohner mochte sie es, zügig zu fahren, und sie schnitt die Kurven gekonnt.

»Du weißt, wo sie wohnt?«, fragte Kerschbaumer.

Hilde drehte sich augenrollend zu dem Wiener Ermittler um. »Wir sind oben achtzehnhundert Leute. Jeder weiß, wo der andere wohnt. Und die ehemalige Miss Kärnten – ich bitte dich.«

Die Revierinspektorin schoss die steile Bundesstraße 88 von Radenthein nach Bad Kleinkirchheim hinauf, fuhr mit Tempo siebzig am Ortseingang, an dem Informationsbüro für Touristen und an den Supermärkten rechter Hand vorbei. Conny Koblinger wohnte in einem Mehrfamilienhaus im Kreuzglöckchenweg, der von der Sankt Oswalder Straße abzweigte.

Die Funkzellenabfrage hatte tatsächlich gezeigt, dass sich Conny Koblinger – oder genauer: ihr Handy – zum Tatzeitpunkt in einem Umkreis von zweihundert Metern vom Tatort befand. Das war juristisch kaum verwertbar, denn im Umkreis von zweihundert Metern gab es jede Menge Wohnungen, und sie hätte auch ganz einfach zu Besuch bei Freunden sein können. Ein guter Rechtsanwalt hätte keinerlei Probleme, sie da rauszuhauen.

Aber noch war man ja nicht vor Gericht.

Sie könnte sich zumindest als eine gute Zeugin entpuppen.

Und die Sache mit der Vaterschaft, die interessierte Kerschbaumer wirklich sehr.

Hilde trat so hart auf die Bremse, dass Kerschbaumer kurz um die Beläge bange wurde. Als Stadtmensch war man dieses scharfe Fahren, dieses heiße Beschleunigen und überraschende Stoppen nicht gewohnt, dort bewegte man sich träge im kuppelnden Schleifschritt über Ring, Gürtel und Zweierlinie.

Als das Auto endlich zum Halten kam, ließ Kerschbaumer den *Oh Shit Handle* über der Tür des Beifahrersitzes los. Sicher eingeparkt und am Leben, wollte er nun im Mordfall an Falko Bruchbichler weiterkommen.

***

Hilde und Kerschbaumer standen vor einem flachen zweistöckigen Mehrfamilienhaus mit vier Parteien, das einen sauberen, geradezu sterilen Eindruck machte. Der Garten war trotz der Trockenheit der letzten Wochen saftig grün. Jemand musste sich gut um ihn kümmern. Ein Bewegungsmelder ließ das Außenlicht anspringen. Das Licht flackerte. Der Elektriker war offensichtlich nicht so fähig wie der Gärtner.

Sie klingelten bei *C. Koblinger*, und nach einer langen halben Minute ertönte der Summer.

Die Wohnung war wie das Haus: sauber. Beinahe zu sauber. Als würde Conny jeden Tag Gäste erwarten, die aber nie kamen. Bis auf heute Abend. Conny selbst sah ausgesprochen herausgeputzt aus, sie trug ein schickes

Kleid und High Heels, dazu ein ausgesprochen köstlich duftendes Parfüm. Die Möbel: Ikea, aber vom oberen Ende des Preisspektrums. An den Wänden hingen eingerahmte Poster von längst vergangenen Kunstausstellungen in nie besuchten Ländern.

»Wollten Sie gerade ausgehen?«, fragte Kerschbaumer, auch wenn die Frage etwas unpassend war.

Conny winkte mit einem verlegenen Lächeln ab. »Nein. Ich mache es mir abends gemütlich.« Auf dem Tisch stand eine Flasche Wein, die schon fast leer war. Und ein Schälchen Konfekt, das noch fast voll war.

»Und Ihre Tochter?«, fragte Hilde.

»Larissa schläft schon. Sie geht ins Bett, sobald es dunkel wird, und steht mit den ersten Sonnenstrahlen auf. Setzen Sie sich doch bitte. Wein?«

Alle setzten sich an den weißen Esstisch, auf dem eine verführerische Obstschale stand. Die Früchte waren aus Plastik.

Conny musste eine neue Flasche aufmachen. »Haben Sie über meine Theorien nachgedacht?«, rief sie aus der Küche.

»Ja, das habe ich.«

Hilde sah Kerschbaumer fragend an. Er erklärte ihr leise in zwei Sätzen, dass Conny daran glaubte, ein Casino-Befürworter habe Falko ermordet, um mit dieser Tat die Casino-Gegner zu diskreditieren. Hilde machte große Augen.

»Eine gewagte These, gewiss«, gab er zurück, als Conny mit einer Flasche preiswertem australischen Chardonnay zurück an den Tisch kam.

Und noch jemand stand plötzlich im Raum. Larissa. Ein Traumkind. Eine Fee. Ein Geschöpf aus einer anderen Welt, mit müden, verklebten Augen blinzelte sie ins Nichts.

»Mama, da sind Leute.«

»Ja, ich weiß, mein Schatz. Es sind Freunde. Leg dich wieder schlafen.«

Sie drehte sich um und tapste zurück in ihr Zimmer.

»Entschuldigen Sie, aber sie ist es nicht gewohnt, dass ich Besuch habe.« Conny setzte sich zu ihren Gästen an den Tisch.

»Sie wissen ja, dass ich Falko gut kannte«, begann Kerschbaumer. »Und, nun ja, reden wir nicht lange drum herum …« Er atmete zwei Mal tief durch. »Zwischen Larissa und ihm besteht eine wirklich auffallende Ähnlichkeit.«

Connys Augen wurden schmal und dunkel. Sie nahm einen großen Schluck Wein.

»Ich kannte Falko. Er kommt ja aus der Gegend«, sagte sie schließlich.

»Das wissen wir«, kommentierte Kerschbaumer. »Wie gut kannten Sie sich?«

Sie zögerte. Ihr Augen wanderten von Kerschbaumer zu Hilde und wieder zurück. »Ich war mit ihm zusammen«, antwortete sie schließlich.

»Ist er Larissas Vater?«, bohrte der Chefinspektor weiter.

Conny leerte das Glas und schenkte nach. Sie zitterte. »Ich weiß es nicht. Also, nicht hundertprozentig.«

»Aber Sie glauben es?«

Conny nickte. Ihre Augen wurden feucht. »Ich hatte damals noch zwei weitere Männer. Einen Bauunternehmer aus Villach und einen Politiker aus Klagenfurt. Aber geliebt – oh ja, geliebt! – habe ich nur den Falko.«

Sie winkte ab, als wären ihr die großen Worte peinlich. Kerschbaumer ahnte, dass sie kurz vor der Lösung des Falles standen. Und dass die Lösung nichts, aber wirklich gar nichts mit den schädlichen Auswirkungen des Casinos zu tun hatte. Ebenso wenig mit den wütenden Bosniern oder dem Gezerre um den Baugrund.

»Die drei wussten nichts voneinander, ich habe ihnen allen gesagt, das Kind sei von ihnen. Sie gaben mir Geld. Aber mein Leben, das konnte mir all das Geld auch nicht zurückgeben ... Nicht mit Larissa …«

Erneut leerte sich ihr Weinglas mit einem Zug. »Meine Karriere, meine Träume … Wer will mich denn schon? Mit einer Tochter wie Larissa? Aber wenigstens sollten sie bluten. Alle drei sollten sie zahlen.«

»Und das taten sie?«, fragte Kerschbaumer weiter.

Die Koblinger nickte. »Wir machten Verträge. Geld gegen Schweigen. Doch die beiden anderen Herren waren älter, der eine starb vor drei Jahren, der andere letztes Jahr.«

»Also blieb nur Falko als heimlicher Geldgeber?«

»Ja, und ich brauchte mehr. Viel mehr ...« Ihre Stimme war belegt, vielleicht vom Wein, vielleicht vom Trauerspiel ihrer Existenz. »Zum ersten Mal hatte ich die Hoffnung auf so etwas wie ein eigenes Leben. Wegen der neuen Schule unten in Seeboden.«

Kerschbaumer dämmerte es. »Die Furter verlangt Schulgeld?«

»Zweitausend Euro pro Monat. Spezielle Betreuung für Kinder wie Larissa ist teuer, und staatliche Mittel helfen auch nicht viel weiter.«

»Und Falko weigerte sich zu zahlen …«, vermutete Kerschbaumer. Klar, er musste ja befürchten, dass die

Bosnier ihn finden und auf ihr Geld bestehen würden. Da war es besser, ein paar Scheine zurückzulegen, wenn man nicht durch gebrochene Kniescheiben täglich daran erinnert werden wollte, Schulden zu haben.

Die Koblinger nickte und begann zu weinen. »Ich habe ihn angefleht. Dann wollte er sich mit mir treffen, heimlich. Er gab mir Geld – dreitausend Euro, noch dieses eine Mal. Mehr habe er nicht. Von ihm könne ich keinen Cent mehr erwarten.«

»Und dann?«

»Ich wollte ihm eigentlich nur drohen. Zeigen, dass ich es ernst meinte. Mein Leben gegen sein Leben.«

Larissa betrat erneut das Zimmer, verwirrt, verschlafen, erschrocken. Hilde nahm sie in den Arm und führte sie zurück ins Bett, während Kerschbaumer sich um Conny kümmerte.

»Wo ist die Waffe?«, fragte er.

Sie nickte mit dem Kopf in Richtung Kommode. Und Kerschbaumer blieb nichts anderes übrig, als sein Handy hervorzuholen und erst Trevisol und dann Kriechnitz zu verständigen.

ABREISETAG

Sonntag, 17. August

WETTER

Andeutungen herbstlich-kühler Windstöße weisen darauf hin, dass die Sommersaison allmählich zu Ende geht.

BESONDERE VORKOMMNISSE

Zwei Valtra-Forsttraktoren (Neupreis 150 000 und 180 000 Euro) mit Getriebewinden (Neupreis je 35 000 Euro) sowie ein Bagger werden in derselben Nacht bei zwei Bauern im Gurktal entwendet. Im Landeskriminalamt Kärnten übernimmt die Gruppe Einbruch/Diebstahl den Fall und bildet die Sonderkommission »DiebstahlVonHochwertigemForstGerät« (DVHFG).

44. Bis bald!

»Die Waffe war unregistriert und gehörte Falko.« Hilde lehnte sich an Kerschbaumers Volvo, der abfahrbereit auf dem Parkplatz des Kirchheimerhofs stand.

»Das sieht ihm ähnlich.« Der Wiener Ermittler warf die letzten Gepäckstücke in den Kofferraum. Kaum zu glauben, dass man stets mit mehr Gepäck die Heimreise antrat. Aber die zwei geklauten Bademäntel nahmen eben viel Platz weg.

»Er hatte sie in Wien gekauft, vielleicht sogar bei den Bosniern, aber das werden wir nicht mehr auflösen können. Die Brüder schweigen eisern. Und wir haben nichts gegen sie in der Hand.«

»Und Conny wusste, dass er eine Waffe hatte?« Kerschbaumers Stimme drang gedämpft aus dem Kofferraum, wo er vornübergebeugt das Gepäck hin und her rückte.

»Genau. Sie waren schon lange kein Paar mehr, aber sie trafen sich ja trotzdem öfter, damit Falko ihr Geld für sich und Larissa geben konnte. Sie klaute ihm die 45er einfach aus dem Hotelzimmer im Urbanhof. Sie hatte sich über eine Freundin an der Rezeption Zugang verschafft.«

»Und mit der Waffe wollte sie Falko zum Zahlen zwingen. Aber der musste sein Geld zusammenhalten, wenn er überhaupt noch irgendwo was hatte. Denn er wusste, dass die Bosnier wieder frei waren und ihn suchen würden.«

Hilde nickte. »Und dann, im Streit, löste sich der Schuss. Sie versicherte, dass sie ihm nur drohen wollte.«

Mit versehentlichen Schüssen hatte Kerschbaumer wie viele andere Ermittler immer wieder zu tun. Denn der ungesicherte Abzug einer hochwertigen Pistole ließ sich ganz leicht betätigen, es reichte minimaler Druck. Das musste so sein, denn wenn man seine Finger verkrampfen oder Kraft aus den Unterarmen aufwenden müsste, würde die Zielgenauigkeit leiden. Laien wussten das nicht oder hatten noch schwergängige Spielzeugpistolen von früher in Erinnerung – oder Cowboys in Kinofilmen, die ihre Finger stets am Abzug hatten.

»Ein vorsätzlicher Mord wäre ja auch seltsam gewesen. Sie war auf das Geld angewiesen.«

»Die Anklage wird wohl auf Totschlag plädieren«, bestätigte Hilde, »und von der Verteidigung dürften wir *Unfall mit Todesfolge* erwarten.«

Werner und seine muskelbepackten Freunde vom Freibad hatten also recht gehabt, dachte Kerschbaumer: Der Mord hatte nichts, aber auch gar nichts mit dem Casino zu tun. Der geplante und so umstrittene Neubau hatte allen Beteiligten den Blick vernebelt.

»Trevisol hielt den Fall für unlösbar. *Osteuropäische Mafia, Täter längst über alle Berge* und so. Deswegen hat er sich extra nach Wien aufgemacht. Wollte dort ganz oben vorsprechen und Hilfe holen. Aber deine Kollegen haben ihn ausgelacht, als er seine Theorien von einem gewaltigen Mordkomplott ausbreitete und Interpol anforderte.«

»Und deswegen war ich bei den Ermittlungen geduldet?«, scherzte Kerschbaumer. Der Wiener verlud die letzten Kleinigkeiten – Handy, Ladekabel und einen Apfel als Stauproviant – auf dem Beifahrersitz.

»Jedenfalls später, als es für ihn immer verworrener wurde. Er wollte dich scheitern sehen. Aber zugleich traute er dir nicht. Er traut ja niemandem.«

»Der Typ ist ein wandelndes Dilemma.«

»Den Ruhm der Aufklärung streicht er trotzdem ein. Gerade ist der ORF bei ihm, nachher kommen die *Kleine Zeitung* und die *Krone* vorbei, und heute Abend will noch einer vom *Profil* aus Wien hier sein.« Hilde hielt inne. »Noch Zeit für einen letzten BKK-Kaffee?«

Kerschbaumer nickte freudig, und die beiden gingen ins Hotel zurück und setzten sich zu Roman an die Bar. Von hier oben hatten sie einen guten Blick runter in den Ort, auf den Baugrund und auf das klobige Fünf-Sterne-Hotel Pulracher auf der gegenüberliegenden Seite des Tals.

»Die Pulracher – die wird euch auch noch weiter beschäftigen«, prophezeite Kerschbaumer. »Ich glaube, die Sache mit ihr und der Furter ist noch nicht ausgestanden.«

»Sie hat halt gern etwas gegen andere in der Hand. Man weiß ja nie, wie einem das irgendwann nützen kann. Man wird jedenfalls nicht zum größten Hotelier unseres Ortes, weil man so lieb lächelt«, erklärte Hilde.

»Die Furter und die Pulracher: Das ist wie Löwe gegen Tiger im Kolosseum.«

»Und im alten Rom haben die Tiger gewonnen«, wusste Hilde.

»Ach was?«

»Ja. Weil Tiger Einzelkämpfer sind und Löwen in Rudeln jagen.«

»Das wusste sich nicht«, gestand Kerschbaumer.

»Und wer Natalina auf seine Seite zieht …«

»… hat gewonnen. Oder zumindest einen Vorteil.«

Wie würde es mit dem Casino weitergehen? Würde Natalina Geld verdienen? Was würde aus Franziska Furters politischen Ambitionen und den Expansionsplänen der Pulracher?

Zurück auf dem Parkplatz, öffnete Kerschbaumer die Fahrertür. »Es gibt noch ein zweites Opfer in diesem Fall.«

Hilde nickte.

»Kümmere dich darum, dass Larissa in gute Hände kommt. Und ich kümmere mich darum, dass sie das Schulgeld nicht bezahlen muss«, sagte Kerschbaumer.

»Wie willst du das anstellen?«

»Ich denke, ich habe da eine gute Idee … Bleibt es bei Wien in zwei Wochen?«

Hilde hatte Verwandte in der Hauptstadt. Und die mussten nun endlich einmal besucht werden. Wo sie wohnen würde, war noch nicht ausgemacht, aber Kerschbaumer durfte sich gewisse Hoffnungen machen. Vor allem nach dem langen Abschiedskuss auf dem Parkplatz des Kirchheimerhofs.

***

Als der Wiener Chefinspektor vor der Heimfahrt noch kurz bei der Furter in Seeboden vorbeischaute und ihr erklärte, wie gut es sich landesweit medial machen würde, die arme Larissa kostenfrei in ihrem Tagungszentrum aufzunehmen, jene tragische Figur in dieser verzwickten Beziehungstat, war auch dieses Problem ganz schnell gelöst.

Kerschbaumer bog auf die Bundesstraße ein, die ihn auf die Autobahn und schließlich zurück nach Wien führen würde.

Was für ein aufregender Urlaub! Echte Erholung war jedenfalls nicht drin gewesen. Wie auch? Wie hätte er sich von Salat und alkoholfreiem Weizenbier ernähren können, während um ihn herum ein Spielcasino entworfen und ein alter Bekannter ermordet wurde? Wie hätte er seinen Anfängerkurs Yoga durchziehen können, wenn bosnische Drogenhändler und Waffenschieber auftauchten? Wie hätte er dauerhaft Meditation und nachhaltige Ernährung praktizieren können, wenn drei zwielichtige Frauen um die Macht vor Ort rangen? Und dann wurde er ja auch noch geküsst!

Zum zweiten Mal war Kerschbaumer in Bad Kleinkirchheim gewesen, zum zweiten Mal war er mit einer Leiche konfrontiert, zum ersten Mal war es ein alter Weggefährte von ihm gewesen. Das war ihm selbst in Wien noch nicht passiert. Und zum ersten Mal war er ein bisschen verliebt – wer wollte da noch an Kalorienbegrenzung und Selbstoptimierung denken?

Doch der Fall war gelöst. Hilde würde bald in Wien sein. Kerschbaumer überlegte sich eine Reihe von Lokalen, in die er Hilde würde ausführen wollen. Nicht zu altbacken, nicht zu hip – genau in diesem Wohlfühlvektor ohne Touristen, aber auch ohne grantelnde Einheimische, jenen großstädtischen Trevisols, die Grün wählten, aber doch lieber die Kinder mit dem Cayenne zur Schule fuhren, *weil die Leasingraten so günstig waren*. Wo der Kaffee zwar gut war, aber die Bedienungen sich wenigstens ein bisschen freundlich gaben.

Ach, es würde eine schöne Zeit werden mit Hilde. Hoffentlich ohne Mord oder ähnlich aufreibende Zwischenfälle. Was bei Kerschbaumers derzeitiger Strähne allerdings nicht ganz auszuschließen war.

Dann war die linke Spur endlich frei, der Wiener Chefinspektor zog rüber, schoss an einer Zusammenrottung von holländischen Wohnwagengespannen vorbei und blickte optimistisch nach vorn.

ANHANG

Eine kulinarische Tatortbegehung

Wo Wendelin Kerschbaumer gerne isst und trinkt

Trattlers Einkehr. Gemütliches Restaurant direkt an der Maibrunn-Talstation, bei Einheimischen und Touristen nur *Einkehr* genannt (es gehört zum Hotel Trattlerhof am Ortseingang, von Radenthein kommend). Traditionelle, aber auch ambitionierte Karte mit großer *Dry-Aged*-Auswahl. Zuletzt gekostet: die ganz zarten, geschmorten Kalbsbäckchen. Eigener Fischräucher- und Brotbackofen, sehr gute Weinauswahl; Aktionsabende und Degustationen. Teichstraße 7.

Die Tränke. Winziges Lokal mit Wohnzimmeratmosphäre, sympathisches Betreiberpaar, köstliche Steaks. Wenige Sitzplätze, unbedingt reservieren. Dorfstraße 77.

Landhausstüberl. Hier steht der Chef selbst am Herd. Tipp: das füllende Holzknechtpfandl oder die Pute am Spieß. Flinke, aufmerksame Bedienung. Am lauschigsten ist es im Wintergarten. Dorfstraße 36.

Café Weissensteiner. Inzwischen in ganz Kärnten verbreitet, stammt das Familienunternehmen tatsächlich aus Bad Kleinkirchheim und backt seit 70 Jahren Köstlichkeiten. Erste Adresse für den morgendlichen Brötchenkauf.

Groar Alm. Hütte zwischen Maibrunnpiste und Ski-Übungshügel und – im Winter – mit spektakulärem Blick über Bad Kleinkirchheim und übereinanderpurzelnde Anfängerkurse.

Kärnten Fisch. Erstklassiger Zuchtbetrieb der Familie Hofer in Feld am See. Spezialität: gebeizte oder geräucherte Kärntner Laxn, eine spezifische Art der Bachforelle. Köstlich mit *Krenobers* – für hochdeutsche Leserinnen und Leser: *Sahnemeerrettich.*

Sportalm St. Oswald. Uschis und Poldls Wohlfühlort oberhalb von Bad Kleinkirchheim. Zwiebelrostbraten, Grillteller, Wildgeschnetzeltes – alles prima. Mit Sohn Johannes samt Frau Ramona steht die sehr fähige nächste Generation schon bereit. St. Oswald, Rosennockstraße 53.

Greisslerei. Unverzichtbar für den Start in den Tag. Bester Cappuccino im Ort, originelle Mitbringsel für die Daheimgebliebenen. Dorfstraße 68.

Golf Club Bad Kleinkirchheim. Auch hier gibt es erstaunlich guten Kaffee, und im Sommer werden draußen öfter mal die Barbecue-Smoker angeworfen. Im Übrigen ist dieser Club ein echter Charaktertest, denn beim ersten Abschlag schaut die gesamte Terrasse zu.

Gellius – Restaurant im Thermal Römerbad. Heimische Biersorten, große vegetarische und vegane Auswahl, viele Spezialitäten aus der unmittelbaren Umgebung. Und meist tiefenentspannte Gäste, die einen Sauna- und Massagetag hinter sich haben.

Metzgerwirt, Radenthein. Das höchstdekorierte Lokal der Gegend, dabei keineswegs abgehoben, sondern rustikal und nahbar. Köstlicher Kalbstafelspitz, überragende Weinauswahl. Wer danach nicht mehr fahren will: Oben gibt es Gästezimmer. Radenthein, Hauptstraße 22.

Die Gartenrast, Untertweng. Zwischen Radenthein und Bad Kleinkirchheim. Panoramaterrasse, zartes Hühnchen, üppige Portionen, selbst gebrautes Shilling-Bier. Gartenraststraße 12.

NACHWORT

Wie immer sind alle Personen erfunden, und Ähnlichkeiten wären rein zufällig.

Alle »Besonderen Vorkommnisse« haben sich tatsächlich in den Sommerwochen 2020 so zugetragen – Orte, Namen und kleinere Details sind aus Gründen der Privatsphäre verfremdet.

Das Hotel Pulracher, das schon im ersten Kerschbaumer-Fall eine große Rolle spielte, gibt es nicht, wohl aber die beiden Luxushotels Pulverer und Ronacher, die um die Vorherrschaft im Ort ringen. Wie schon im ersten Band wurden sie zu einem einzigen fiktiven Fünf-Sterne-Hotel verschmolzen. Nach Nächten in beiden Häusern ist meine Einschätzung, dass das Ronacher insgesamt überall leicht vorn ist, dafür hat das Pulverer aber das herausragende Restaurant Loy Stub'n. Der Kirchheimerhof, in dem Wendelin Kerschbaumer zum zweiten Mal übernachtet, ist real.

Das Polizeirevier von Bad Kleinkirchheim liegt tatsächlich direkt über dem Café Weissensteiner, in dem ich im Urlaub am Morgen meine Brötchen hole. Oben habe ich noch nie vorbeischauen müssen, mein Schwager aber schon: Er hatte ganz italienisch in der zweiten Reihe geparkt, um seine Kinder zum Skikurs zu bringen, daraufhin hat er einen Strafzettel bekommen, den er gleich auf dem Revier begleichen durfte.

Ein Casino ist in Bad Kleinkirchheim nicht geplant, wobei es sicher kein Ding der Unmöglichkeit wäre. Das

Casino im nicht allzu weit entfernten Velden am Wörthersee, das schon 1950 gegründet wurde, zeigt ja, dass die Strategie, Casinos nicht in großen Städten, sondern in kleinen Urlaubsorten zu eröffnen, hervorragend funktioniert.

Im Strandbad am Afritzer See (große Empfehlung) habe ich genau wie Wendelin Kerschbaumer nach einem SUP gefragt und wurde genauso komisch angeschaut wie der Wiener Chefinspektor. Und recht haben die Betreiber: Hier wird noch in Holzbooten gerudert wie in den Heimatfilmen der 1950er-Jahre.

Die geheime Bar in Bad Kleinkirchheim, in der es Fünfhundert-Euro-Champagnerflaschen gibt, existiert nicht. Oder ich habe sie noch nicht entdeckt. Versprochen: Ich suche weiter.

Und noch eine sprachliche Besonderheit als Letztes: Es ist der *Maibrunnenweg*, aber die dort beginnende Liftanlage heißt *Maibrunnbahn* und führt zur *Maibrunnhütte*. Liebe Bad Kleinkirchheimer: Warum verwirrt ihr uns Touristen so sehr?

Wendelin Kerschbaumer
kehrt mit einem dritten
Bad-Kleinkirchheim-Krimi
zurück:
»Die Überlebende im Teich«